書下ろし

# 記録魔

新津きよみ

祥伝社文庫

# 目次

# 第一章　ログ1

「事件を風化させたくない」と、被害者の家族は言う。風化のもともとの意味は、「岩石が長いあいだ空気にさらされて崩《くず》れ、土に変質する現象」だが、「新鮮な記憶や印象が年月を経て薄れる」というふうに比喩《ひゆ》的な意味にも使われるようになった。岩石のように硬く形のあったものが、長い時間を経て靴に踏まれる土になる。人々の心の中で一つの形を持っていた事件は、新たな事件に出会うたびに形を崩し、ふにゃふにゃになって、やがて彼らの記憶から薄れていく。新たな事件がより衝撃的であった場合は、風化の速度はアップする。人一人の命が奪われた殺人事件でさえ、「あら、そんな殺人事件、あったかしら」となり、過去の夥《おびただ》しい事件の数々は人々の靴で踏み固められて土と化していく。

——記憶されたものだけが、記録にとどめられる。

そう言ったのは、『忘れられた日本人』を著した宮本常一《みやもとつねいち》だった。昭和十年代から日本各地を隅々まで歩き、地域に息づく民間伝承を克明に調査して記録した民俗学者である。彼の言葉によれば、忘れられたものは、記録からも抜け落ちていくのだろうか。

そんなのは嫌だ。許せない。

あの殺人事件を風化させたくはない。世間の人々の記憶にとどめたい。忘れているのなら、思い起こさせたい。そして、文字の形で残したい。

それには、どうすればいいのか。

もう一度、似たような事件を起こす？

いや、それはだめだ。あれは殺人事件だったから、殺される被害者を作らなければいけない。無関係な人間を被害者に選びたくはない。

だったら、どうすればいいのか。

そうだ、関係者を被害者にすればいい。

関係者？

いるではないか。もっとも近い関係の人間が。

そう、それは……事件の加害者、わたしの大切な人を殺した人間だ。

そいつを殺せば、殺人事件となって捜査され、犯人のわたしは逮捕される。犯行の動機を供述する過程で、過去のもう一つの殺人事件に言及する。

マスコミは、その動機に瞠目《どうもく》することだろう。あの事件がクローズアップされ、どんな事件だったのか、新聞や雑誌にくわしく書かれるはずだ。それ以上に、インターネット上ですごい話題になるに違いない。将来、わたしが起こした殺人事件は、過去の殺人事件の分類において、「復讐殺人」という項目に永遠に記録される。裁判で幾度となく引用され、人々の共感を呼び、一方では物議をかもすだろう。いずれにせよ、注目度は確実に高くなる。

あの事件を風化させない方法は、それしかない。

わたしは、ここに、自分が人を殺すまでの詳細な記録をつけることに決めた。

# 第二章　二人の女

## 1

シャープペンを走らせる音が次第に大きくなり、自分の書いた文字が何かの記号のように視野に飛び込んでくる。

「では、守本《もりもと》さん」

名前を呼ばれて、守本美世子《みよこ》はハッと顔を上げる。

「よろしいですか？」

議長の増岡《ますおか》がこちらを見て微笑《ほほえ》んでいる。ロの字型に並べられたテーブル。議長の後ろに置かれたホワイトボード。ここは、美世子の住む千葉県内のマンション「マロニエ・レジデンス」の集会所として使われている一室である。

「はあ、何でしょう」

書き留めることに夢中で、議長の最後の言葉が耳に入っていなかった。

「今日、ここで決まったことをまとめて、最初にこちらに提出してください。チェックした上で回しますので」

「ああ、はい、わかりました」

美世子は、ホッとしてうなずいた。これは、別に書き留めておかなくてもいい内容のようだ。

「では、みなさん、ご苦労さまでした」

増岡の声に理事一同は立ち上がった。しかし、美世子は、座ったまままもう一度ノートに目を落とした。会議の議事録をまとめるという重要な役割を担っている。書き忘れた点、聞き漏《も》らした点がないかどうかチェックしてから、広げた資料やノートを片づけて立ち上がる。

「ご苦労さまです」

議長を務めていた増岡が、にこやかに美世子の席にやって来た。昨年副理事長だった彼は、昨年度の理事と新たに輪番制で理事になったマンションの居住者たちの推薦を受けて、この四月からマンション管理組合の理事長職に就いている。声を荒らげることのない、つねに笑顔を絶やさない増岡は、理事長職に適任だと美世子も思う。

「管理組合の書記ははじめてなもので、うまく務まるかどうか」

美世子が不安を漏らすと、

「大丈夫ですよ。こちらでも目を通しますから」

増岡は、美世子の不安を追い払うように首を左右に振り、傍《かたわ》らの管理人の漆原《うるしはら》と話し始めた。漆原の隣には、マンションの管理業務を請け負う会社「桜ハウジング・サービス」の担当者の吉沢《よしざわ》がいる。三人の男性は、まだ話があるようで残っている。

「よろしくお願いします」

彼らに挨拶《あいさつ》して集会所を出ると、美世子は大きなため息をついた。気疲れしたせいか肩が凝《こ》っている。

前回の顔合わせの理事会で、美世子は書記に選出された。書記は二人いて、もう一人の女性は昨年度からの留任だが、今日は仕事で出席できないと連絡があった。書記の主な仕事は議事録を作ることであるから、理事会に出席して漫然と話を聞いているわけにはいかない。一字一句聞き漏らさないようにするのは無理だが、要点を的確にまとめられるくらいには注意深く聞いていないといけない。その大役を任せられたのだから、神経をすり減らすのも当然なのだ。地域の自治会との連携、防災訓練や防犯パトロールの実施、建物の修繕計画、共用部分の管理についてなど、議題はいくらでもある。

　六階の自室には戻らずに、東公園へと足を向ける。そこで、娘の梨香《りか》が小学校の友達と遊んでいるはずだ。腕時計を見ると、午後三時二十分。二時から始まった理事会は、思ったより早く終わってくれた。

　──何で、いつも、わたしが「書記」なのよ。

　引き受けてしまった以上、もとには戻れないのに、いまさらながらに美世子は心の中でぼやいた。小学校時代からそうだった。立候補もしないのに、「本が好きだし、字がきれいだから」という理由だけで児童会にかつぎ出され、書記に選ばれた。同じ学区の中学校では、「みよちゃん、前も書記だったから」という理由で、小学校の同級生に生徒会の書記に推薦された。同じ中学校の卒業生が何人か進学した地元の高校でも、同様に生徒会の書記に選ばれた。大人になったらもう何の役職もないだろうと気を緩めていたら、一昨年、梨香が入学した小学校のPTA役員選出の場で、クジ引きの結果、学年委員を引き当てた。そして、二年目の昨年は本部役員らの推薦を受けて、PTA本部の書記になってしまった。

「守本さん、まじめだし、字がきれいだから」

　誰かがそう言い出したのに、

「そうね。守本さん、清楚で、何だか『書記』って顔をしているし」

PTA会長が乗っかって、そのひとことが決め手となった。書記という言葉を使わずに、庶務担当として幹事職を設ける学校が増えていると知り、〈書記というポストがなければ、わたしに白羽の矢が立てられることはなかったのに〉と、美世子は理不尽な思いに駆《か》られたものだ。「書く」とか「記す」という字のせいなのか、「書記」という漢字は、図書館で静かに読書したり、黒板の文字をノートにひたすら書き写したりする女性をイメージさせる。長い髪でおとなしい顔立ちの美世子は、そのイメージにぴったりなのだろう。

ようやくPTAの書記の任を解かれたと思ったら、今年度はマンションの管理組合の理事が回ってきて、またもや書記の椅子に座らされたのだった。自ら手を上げたわけではない。初回の理事会の席で黙っていたら、「書記なんかが向いている感じですね」と、示し合わせたように数人が美世子へと視線を投げてきたのだ。断る理由もないので、「わたしでよければ」と、消極的にではあったが、受けた。

自分では癖《くせ》のある寂しげな字だと思うが、人には「ていねいできれいな字ですね」と言われる。書道は小さいころから習っていた。自分のペースで練習できるのが性に合っていたのか、高校、大学と部活動でも続けたおかげで、師範段位を得るまでに達した。だが、字がきれいであることと、書記という役職とは関係ない。とはいえ、理事として何かの役割を割り当てられるのであれば、書記でよかったかな、という気もする。いまはパソコンのワープロソフトを使って議事録や総会資料を作成する時代であるし、前任者から引き継いだフォーマットに従って、比較的簡単に書類は作れる。文書のやり取りも、時間をやりくりして顔を合わせなくとも、メールで送り合える便利な時代だ。

——梨香、お腹を空《す》かせているだろうな。

管理組合の書記の仕事は、そんなにプレッシャーに感じる必要もないな、と美世子は気持ちを切り換えて、娘の梨香へと心を向けた。おやつ抜きで遊ばせているのだ。迎えに行くなり、「お腹空いた」と、元気よく飛びついて来るだろう。守本梨香は、小学三年生。来月で九歳になる。

美世子が理事を務める「マロニエ・レジデンス」は、JRの駅から徒歩十分の戸数百五十あまりのファミリータイプのマンションだ。プライバシー尊重のために各戸に専有ポーチがあり、門扉も取りつけられた設計で、都心まで電車で三十分と交通の便もよく、子育てに最適な環境として人気を集めている。

遊具はブランコと滑《すべ》り台と鉄棒だけで、清潔な砂場と広場が人気の東公園は、「マロニエ・レジデンス」ともう一つ、やや規模の小さいマンション「けやきガーデン」に居住する家族連れがよく利用している。ベンチも複数置かれていて、ベビーカーに赤ちゃんを乗せて散歩する母親も多い。周囲に生《お》い茂った樹木がなく、両方のマンションからの見通しもよいので、安心して小さな子供を遊ばせられる公園とされている。梨香を連れて遊びに行けば、必ず見知った顔の子に会うので、今日のように美世子に用事のあるときなどは、「一緒に遊んでいてね」と、遊び友達に梨香を託《たく》すことがある。

「マロニエ・レジデンス」に隣接する駐車場と家庭菜園を通り過ぎると道路があり、道路に面して東公園がある。その向こうに「けやきガーデン」が建っているから、公園は二つのマンションに挟《はさ》まれる形に位置している。

公園の入り口に達する前に、美世子の中で小さな胸騒ぎが生じていた。今日の梨香にはオレンジ色のTシャツを着せている。目立つ色のはずだが、その派手な色が見当たらない。入り口近くのベンチで、「けやきガーデン」に住む梨香の遊び友達の女の子二人がカードを交換し合っていた。小学生の女の子たちのあいだでは、テレビで人気のアニメキャラクターのカードを集めるのが流行《はや》っているのだが、梨香も自分のコレクションのカードを持って遊びに出たのだった。

「奈美《なみ》ちゃん、桃子《ももこ》ちゃん、梨香は？」

梨香より背の高い二人に、美世子は聞いた。小柄な梨香は、背の順ではクラスで最前列だ。

「先に帰ったよ」と、奈美。

「先に？　迎えに来るまでここにいて、って言ってあったんだけど」

「女の人が迎えに来たよ」

続いた桃子の言葉に、美世子の胸の高鳴りは大きくなった。

「女の人？　誰かしら」

訝《いぶか》りながらも、一人の女の顔が脳裏にくっきりと浮かんでいる。

「おばさんの知り合いじゃないの？　その女の人、おばさんが呼んでいるから、って」

「それで、梨香はその女の人と行ったの？」

うん、と桃子がうなずき、ねえ、と奈美の同意を求めた。

「いくつくらいの人？」

「うちのママくらいかな。おばさんくらいかな」

桃子が首をかしげ、意見を求めるようにまた奈美へと向く。

「わかんない」と、奈美は首を横に振る。

「そう。わかった。じゃあ、家に帰ったのよね」

女の子たちを問い詰めても仕方がない。こわばる顔で笑顔を作りながら、美世子はマンションへと駆け戻った。入れ違いになっただけで、梨香はいまこの瞬間、集会所の前にいるのかもしれない。

2

しかし、集会所の前には誰もいなかった。部屋には鍵がかけられていて、増岡たちの姿ももうない。

喉《のど》の渇きを覚えながら、美世子は六階の自室へと急いだ。梨香には家の鍵《かぎ》を持たせてはいない。玄関の前で待っているかもしれない。

だが、六〇三号室の前の通路にも門扉の中にも小さな梨香の姿はない。それでも、と思って、美世子は家に入った。人の気配はしない。夫の俊作《しゅんさく》は、この四月から大阪に単身赴任をしている。ふだんは娘の梨香との二人暮らしである。

ダイニングテーブルに荷物を置き、カウンターの上の固定電話へと手を伸ばす。こういうとき、まず誰に電話をすべきか、頭ではわかっている。短縮ダイヤルで電話番号を登録してはいないが、電話番号はメモしてある。だが、受話器を上げ、いざ数字を押すとなったとき、指が動きを止めた。

——順番が違うのでは。

迷いが生じて受話器を置くと、美世子はバッグから携帯電話を取り出した。夫の俊作へと電話をかける。俊作は、月に二度の割合で、週末に大阪から千葉県内の自宅に帰る。金曜日の昨日、夜遅くに帰宅する予定だったのが、急に会食が入り、帰宅は土曜日の今日、夕方に変更された。

呼び出し音が何度も鳴ったあと、「留守番電話サービスに接続します」という聞き慣れたメッセージに切り換わった。

——移動中なんだわ。

規律や規則をきちっと守る性格の俊作は、電車や病院などの公共機関や公共施設の中では携帯電話の電源を切るか、マナーモードにした上で電話には出ないようにしている。薬も必ず水で飲むし、電車の優先席には空《あ》いていても座らない主義の男だ。

留守番電話にメッセージを残すような心の余裕はない。携帯電話と鍵だけを持って、美世子は通路に飛び出した。梨香と「彼女」は、マンション周辺にいるかもしれない。エレベーターで一階に降り、表玄関から出ようとすると、管理人室の小窓から中が見えた。管理人の漆原と管理会社の担当者の吉沢がいる。美世子は、ガラスの小窓を叩いた。手前にいた吉沢が先に気づいたが、管理人の顔を立てるように漆原へ顔を向けて、応対を促《うなが》した。

「何でしょう」

漆原が窓を開け、ややかがみこんだ姿勢で顔をのぞかせた。どこかの会社を定年退職したのちに研修を受けて管理人の仕事を始めたという漆原は、体格がよく、力仕事が得意で、気さくな性格でもあり、住人たちの評判はいい。

「うちの子、見ませんでしたか？　守本梨香です。小学三年生の小柄な女の子で、髪の毛は二つに結んでいて、今日はオレンジ色のTシャツと……」

管理人がすべての家の子の顔を憶えているはずがない。説明を始めた美世子に、「ああ、お嬢さんですか。女の子は、ここは通りませんでしたよ」と、漆原は髪の毛を短く刈り込んだ頭を振った。

「そういう女の子は、集会所にも来ませんでしたね」

と、後ろから吉沢も言った。管理会社の彼は、まだ三十代半ばくらいで、漆原というと息子くらいの年齢に見える。つねに作業服姿の漆原とは対照的に、髪も長めで細身の縞《しま》のスーツ姿だ。

「公園で遊んでいるんじゃないですか？」

吉沢がそう続けると、「ああ、たぶん、そうですよ」と、漆原ものんびりとした口調で言った。地域の住民のあいだでは、東公園は「人の目が届きやすい安全な公園」とされている。その公園にいなかったんですよ、と言い返したい気持ちをこらえて、「そうですね」とだけ返して、美世子は外に出た。いまのような状況では、こちらの切迫感は第三者には伝わりにくいだろう。

東公園の周辺や小学校の通学路を捜し回り、一度戻って、通路側の出入り口からマンションに入り、部屋へ行く。まだ梨香が帰っていないのを確認して、ふたたび今度は駅の周辺を捜し回った。誰かに強い力で背中を押されているみたいに前のめりになり、何度も転びそうになった。

――本当に、彼女の仕業《しわざ》なのだろうか。

違う種類の不安が膨れ上がってきた。彼女がこんなふうにわたしを困らせるだろうか。やっぱり、彼女に電話をすべきだろうか。だけど……ためらわれる。彼女に電話をしたことなど一度もないのだから。

広範囲にわたって捜すためには、車を出したほうがいいだろう。車のキーを取りに部屋に戻り、駐車場に向かうためにまたエレベーターに乗り込む。エレベーターが一階に着き、扉が開いた瞬間、誰かにぶつかりそうになって、美世子は思わず「わっ」と声を上げた。

「どうしたんだよ。危ないじゃないか」

ぶつかりそうになった大きな胸は、俊作の胸だった。美世子のあわてぶりに驚きはしたが、微笑ましいのか、笑ってもいる。

「ああ、あの……」

声が喉に張りついて、発声ができない。夫に出会えた安堵感で、まぶたに涙が熱く盛り上がった。

「おいおい、どうした？　いつもより早い新幹線に乗れてね」

「お帰りなさい」

拍子抜けしたような場違いの言葉が口から漏れたあと、「梨香がいないの」と、美世子は唐突に言葉を継いだ。

「梨香が？　何で？」

まだ事態を呑み込めていない俊作は、エレベーター内に美世子を押し戻して、いちおう六階のボタンを押した。

「わたし、今日、理事会があったのよ。俊作さんも知ってるでしょう？ 今年、理事が回ってきたって。会議が終わるまで梨香を東公園で友達と遊ばせていたんだけど、迎えに行ったら、あの子だけいなくて」

「何時ごろ？」

少し緊迫感を募《つの》らせたらしい俊作は、腕時計を見た。

「三時半より前だったから、いまから四十分くらい前ね」

「捜したのか？」

「あ、ええ、そのあたりを」

「友達のところは？」

「それは……」

六階に到着し、エレベーターの扉が開いたので、美世子は言葉を切った。深呼吸をしたのちに、「一緒に遊んでいた友達によれば、女の人が連れて行った、という話だったから」と続けた。

「えっ？」

途端に、俊作の顔色が変わった。「それを早く言えよ」

怒ったような口調で言うなり、俊作は門扉へ駆け込み、もどかしそうに鍵を開けた。中に入ると、靴を脱ぎ捨てて、電話へと向かう。

「電話するの?」

「当然だろう」

妻へは顔を振り向けずに、俊作は指が憶えている番号を押し始めた。家にいるときは携帯電話を使わずに、必ず固定電話を使う。「携帯電話より聞きやすいから」と俊作は言う。そんな夫の律儀《りちぎ》さがいまは疎《うと》ましい。

「あっ、守本です。守本俊作です」

電話に出た相手に、いつもより高い音程で俊作は名乗った。肝心な話を切り出そうとしたときだった。

「ミーマ!」

玄関のドアが開いて、梨香の声が響いた。梨香は、美世子を「ママ」ではなく、「ミーマ」と呼ぶ。名前の最初の音をつけた「ミーママ」が転じて「ミーマ」になった。

美世子は、受話器を持った夫と顔を見合わせた。俊作は眉間《みけん》にしわを寄せると、「ああ、何でもないんだ。間違えて、そっちに電話しちゃった」と、相手にそそくさと言い訳して電話を切った。

「梨香、どこへ行ってたの？」

美世子は廊下に出て、平然とした顔で帰宅した梨香を睨《にら》みつけた。Tシャツに斜めに掛けたポシェットのほかに、手にはアニメキャラクターが印刷された紙袋を提げている。

「どこって、おばさんといたんだよ」

悪びれずに梨香は答える。

「おばさんって？」

「ミーマのお友達でしょう？　知らないの？」

「梨香」

居間から俊作が顔を出すと、「あっ、パパ、帰ってたんだ」と、梨香の顔が明るく輝いた。

「おみやげがあるから、手を洗って来なさい」

「わーい、何？　お腹空いた」

「そうね。おやつにしましょう」

俊作が穏やかな口調で話しかけたのに気づいて、美世子も笑顔で言った。とにもかくにも、梨香は無事に帰って来たのだ。事情は現時点ではわからない。だが、余計な気遣いを八歳の子に求めてはかわいそうだ。

「彼女……じゃなかったんだな」

梨香が洗面所へ行くと、俊作は小声で美世子に言った。

「最初から違う気はしていたわ。だって、あの人がそういうことをするとは思えないから」

誘拐《ゆうかい》まがいのことを、と内心で続けて、美世子は生唾《なまつば》を呑み込んだ。

「梨香が君の友達と思い込むような女性、って誰だろうね」

「あとで、それとなく聞き出してみるけど」

「梨香を傷つけないようにな」

洗面所から梨香が出て来て、夫婦の会話は終わりになった。

「カードがこんなにいっぱいたまっちゃった」

梨香は、ポシェットや紙袋からカードを取り出して、テーブルに並べ始めた。その姿を眺めながら、美世子はキッチンに入り、大阪みやげのロールケーキを切り分けた。テレビや雑誌でよく紹介されている有名店のものだ。紅茶をいれながら、どう切り出そうか、と思案する。公園から梨香を連れ出した女性が「彼女」でなかったとなれば、一体、誰なのか。

俊作は、八歳の女の子らしい遊びを黙って見守っている。「相手がたとえ女性でも、知らない人について行ってはだめだよ」と、言い諭《さと》すべきかどうか迷っているのだろう。梨香には、「知っている女性でも、ついて行ってはだめ」という言葉を先にかけておくべきなのだ。たとえ、それが本当の母親であろうとも。

3

梨香が寝入ったのを見届けて、美世子は居間に戻った。風呂から上がり、パジャマに着替えた俊作が、ソファで梅酒のソーダ割りを飲んでいる。美世子が去年、自宅で漬けたものだ。スーパーで青梅を一キロ買い、氷砂糖六百グラムとホワイトリカー一・八リットルを使って作った。メタボ体型にならないようにと砂糖を少なめにして作ったら、「レシピどおりに一キロにするべきだった」と、俊作に嫌味を言われた。それでも、いちおう「うまいな」と言って飲んでくれている。

「おばさんって人が誰だったのか、結局、わからなかったわ」

美世子は俊作の前に座り、梨香の頭を撫《な》でながら聞き出した話を報告した。三十代くらいの女性で、髪の毛は美世子のように長くはなく、やせ型。膝下までの黒いパンツにブルーのロングカーディガン。梨香は、女性の背格好はよく憶えていた。その女性は、「おばさん、梨香ちゃんのママに梨香ちゃんを連れて来て、って頼まれたの」という言葉で梨香を公園から誘い出したという。しかし、マンションの手前で携帯電話を取り出すと、梨香に聞こえないように小声で話してから、「梨香ちゃん、ごめん。まだ当分、かかりそうだから、駅前の『ハピカ』へ行こうか。ママの許可を取ってあるから」と、急に行き先を変更したという。「ハピカ」と聞いて、梨香の心は浮き立ち、わずかにあった警戒心が吹き飛んだらしい。そのビルに、各種アニメキャラクターのグッズを売っている店やファンシーショップが複数入っているのは、このあたりの小学生なら誰でも知っている。梨香はビル内のお気に入りの店に入り、その女性から思う存分、好きなカードを買ってもらったのだ。

「ミーママはその女の人のこと、誰なのかまだ思い出せないけど、梨香自身が知っている人でなければ、相手が女の人でもついて行ってはだめよ」

娘に罪悪感を植えつけないように慎重に言葉を選んでそう諭すと、

「だって、あの女の人、ミーママのこともユーママのことも知ってたよ。二人もママがいていいね、って」

と、梨香は口を尖《とが》らせて言い返したのだった。

「彼女でないのは明らか、か」

　妻の報告を聞き終えた俊作は、ふたたびひとりごとのように言って、グラスに口をつけた。「彼女」と呼び、名前を言わない夫に、美世子は小さな苛立《いらだ》ちを覚えた。元妻なのだ。堂々と名前を言えばいいのに。

「そういう女性に、心当たりないの？」

「ぼくが？　ないよ」

　俊作は、ぶるぶると大げさなほどかぶりを振ったが、ふと動きを止めると、「彼女が誰かに頼んだ……なんてことはないよな」と続けた。

「有記《ゆき》さんが？」

　俊作が前妻の名前を呼ぶのをかたくなに拒否しているので、かわりに美世子は言ってやった。田所《たどころ》有記。それが、俊作の別れた妻で、梨香の産みの母親の名前である。

「どうして、有記さんがそんなことをするの？」

「いや、梨香と君と彼女、三人の関係を知っている人間って限られているからさ」

　俊作の声は小さくなる。

「目的は何？」

「いや、だからさ、ちらっとそう思っただけで。彼女がかかわっているなんて、本気で思ってやしないよ。梨香の母親なんだしね」

梨香の母親、と言われて、美世子の心臓は複雑に脈打った。有記は梨香の産みの母親には違いないが、法律上の現在の母親は自分である。

「わたしたち、二人とも、梨香がいなくなったと知って、すぐに警察に連絡しよう、とは思いつかなかったわよね。どうしてかしら」

「それは、やっぱり……」

言いかけて、俊作は小さく舌打ちした。

「有記さんの存在が大きすぎる、ってことよね」

美世子の言葉を俊作は否定しなかった。梨香を女性が連れて行った、と聞いて、美世子がすぐに思い浮かべたのが有記の顔だったが、俊作も同様だったのだろう。

「ねえ、産みの母親として、梨香と面会する権利は当然だと思うけど、あれはやめてほしいわ。俊作さんから言ってくれない?」

今回の「事件」に乗じて、美世子は思いきって頼んでみた。

「あれって?」

「梨香の誕生日に、三人で記念撮影する習慣」

「あ、ああ、あれね」

俊作はさりげなく受けたが、その場で「わかった」と、安請け合いしたりはしなかった。

――別れても、梨香の誕生日には、三人揃《そろ》って同じ場所で記念撮影する。

一種の定点撮影。それが、娘との面会のほかに出してきた有記の離婚の条件だった。

「彼女は、面会の回数を減らすのに同意してくれたんだ。誕生日は年一回のことだし、梨香のためにも大目に見てやってくれないかな。そのうち、梨香自身が面倒に思うようになるかもしれないし」

美世子のご機嫌をうかがうように上目遣いに見ながら、俊作は遠慮がちな口調で言った。

「そうね」と、美世子はため息をついた。誕生日会は、美世子の家でも別の日に開いている。

――梨香と良好な関係を保ちたい。本物の親子になりたい。

その一心だった。血のつながらない母と娘。現在、険悪な関係というわけではない。むしろ、普通の母娘のように、いや、それ以上に親密で良好な関係を築けていると自負している。だが、それも、まだ梨香が小学三年生だから築けている関係かもしれない。思春期を迎えるころになったら、いまのように不自然で不安定な環境が彼女の心身に与える影響は大きくなるだろう。

思春期を迎える前に、家族の絆《きずな》を強め、強固な基盤を作っておこう、と美世子はあせっているのかもしれない。俊作の大阪への転勤が決まったときに、「わたしと梨香はここに残る」と宣言したのも、母と娘、二人で生活することによって絆を強めるチャンスだと思ったからだった。梨香には地元の公立中学校ではなく、都内の私立中学校への進学を考えている。そのためにも、家族みんなで大阪に移り住むより、父親だけ大阪に行かせる道を選んだのだ。俊作は、三年後には東京の本社に戻る予定になっている。

産みの母親の有記を「ユーマ」と呼び、父親の再婚相手である美世子を「ミーマ」と呼ぶ。いまは二人の母親を無邪気に呼び分けている八歳の梨香だが、成長するにつれて複雑な家庭環境が彼女の重荷になる可能性は考えられる。小学校入学の前に新しい地に越して来たから、美世子と梨香が本当の母子でない事実を知っている人間は周囲にはいない。

「ユーマのことは、友達に話しちゃいけないの?」

入学時に梨香に聞かれて、美世子は言葉に詰まった。父親である俊作に助けを求め

ると、

「そうだな、梨香に二人もママがいて友達にはうらやましがられるかもしれないけど、不思議に思う子もいるだろうね。『どうして？』と聞かれるかもしれない。梨香にとって本物の友達、と思える子には話してもいいけど、聞かれもしないのに、梨香からどんどん話すようなことでもないと思うよ。その子が梨香のことを本当に大切に思ってくれる、とわかってから話してもいいんじゃないかな。それまでは、母親は一人、一緒に暮らしているミーマだけ。ミーマは梨香が大好きだから、うちの事情をあんまりよく知らない人に『本当のママじゃないんだね。絵本に出てくる継母《ままはは》みたいでかわいそう』なんて言われたら、それこそミーマがかわいそうだよ」

　俊作は、彼なりに考えた言葉で梨香を納得させてくれた。したがって、美世子は、学校や地域では梨香の本当の母親として通っている。しかし、いつまでいまの状態でいられるかわからない。どこからかうわさが流れるのを恐れて、梨香を地元の公立中学校ではなく、都内の私立中学校へ進学させようとしているのだ。幸い、梨香はクラスでも成績がよく、三年生にして担任教師からも「私立受験を考えてみては」と勧められている。

――みんなが知らない二人のママの存在を知っているから、信用してもいい人。

声をかけてきた女性を梨香がそうみなしてしまったのも無理はない。

「今日のこと、有記さんに話す？」

美世子は、酒を飲む速度を上げた俊作に聞いた。梨香に関する件で、有記と直接連絡を取り合ったことはない。つねにあいだに俊作が入る。

「いちおう話してみるよ。彼女には今日の女性に心当たりがあるかもしれないからね」

俊作はそう答えてグラスの残りを飲み干したが、「それはともかく、君も気をつけてくれよ」と、矛先《ほこさき》を美世子に向けてきた。「ここには梨香と君、女二人だけなんだから注意してもらわないと。梨香から目を離さないようにね」

「わかっているわよ」

返す言葉が突っぱねた口調になり、「わかっているけど、二十四時間、梨香と一緒というわけにはいかないでしょう？　わたしにだって用はあるし。現に、理事になってからいろいろと雑用があるのよ。議事録を作ったり、今日みたいに会議があったり、自治会の班長も兼ねているから、定期的にマンションまわりの点検やプランターの水遣《や》りの当番なんかが回ってくるのよ。今日だって、本当は梨香に家でお留守番させたかったんだけど、外で遊びたいって騒いで聞かなくて。あの公園には大人も何人かいたのよ。だけど、梨香を連れて行ったのが誰か、聞き込みするわけにはいかないでしょう？　今日のようなことは例外よ。予想もできなかったことよ」と、美世子はたたみかけるような勢いで言い返していた。

「事件が起きてからでは、予想もできなかったこと、じゃ済まされないよ」

それに対して冷静にシンプルな言葉で反論してきた夫に、美世子は苛立ちを募らせた。

「つねに百パーセントの注意を梨香に払え、って言うの？」

「そうは言ってないけど」

「努力しているつもりよ」

努力、という言葉を口にしたら、涙がどっとあふれ出てきた。そうよ、わたしは努力しているじゃない。やさしいだけではない厳しさを備えた母親になるべく、結婚までは「梨香ちゃん」と呼んでいたのを、法的な母親になってからは「梨香」と呼び捨てに変えたし、育児と家事に専念すべく、会社を辞めて専業主婦に徹した。もっとも、俊作と同じ職場にいたから、仕事を続けにくかったせいもある。何げなく視線を当てたテレビ画面の最後に、「田所有記」と名前が出ても見て見ぬふりをしてきた。梨香の産みの母親である田所有記を意識しないように心がけてきた自分がいじらしく思えて、自然に涙が出たのかもしれない。

「ごめん。言い過ぎた」

と、俊作は肩をすくめた。「君がよくやってくれているのは、充分わかっているよ。これからは、都合をつけてなるべく頻繁《ひんぱん》に帰るようにするからさ」

*

その夜、夫婦の寝室で、美世子は夫を拒《こば》んだ。「そろそろわたしたちの子供がほしい」と切り出す前に、俊作が避妊具を気にするそぶりを見せたからだった。三年前、梨香が幼稚園児のときに俊作は美世子と再婚した。有記との離婚が成立してわずかひと月後のことだ。

——当分、自分たちの子供は作らない。

入籍したとき、二人はそう約束した。梨香を動揺させないためだった。しかし、結婚して三年。その「当分」はもう過ぎているのではないか、と三十二歳の美世子はあせっている。が、産む性である美世子と男の俊作の考え方にはズレがあるようだ。

「梨香と良好な関係を保ち続けるためにも、そろそろあの子に弟か妹を作ってあげたほうがいいと思うの。梨香に『お姉ちゃん』としての自覚を持たせたら、家族の絆はさらに強まるんじゃないかしら。少なくとも、梨香が多感な時期を迎える前には子供を産んでおきたいのよ」

そんな言葉で、出産の話を切り出そうとしていたのに。三十五歳を過ぎると妊娠しにくくなるという。梨香が小学生のうちに産むのがベストだと、美世子は考えていた。

隣のベッドの無神経な俊作の寝顔を見たくなくて、美世子は真夜中、居間のソファに移動した。それでも、すぐには寝つかれず、気持ちに区切りをつけるように行動を起こした。本棚の引き出しから母子健康手帳を取り出して、ページをめくり、見入る。生まれてからいままでの梨香の成長記録だ。表紙の「母の氏名」の欄には「守本有記」とあり、「子の氏名」の欄には「守本梨香」とある。離婚して田所姓に戻った有記の筆跡だ。男性のように筆圧が強いが、読みやすい字。体重二九五五グラム、身長五〇センチ、胸囲三二・三センチ、頭囲三二・五センチ。それが、出産時の梨香の記録だ。

——これを、わたしに託してくれたんだから。

田所有記への対抗意識だけではない。同じ「母親」として、梨香への愛情を彼女と共有している、と美世子は信じている。託された以上、わたしは何があってもわが子を守らねばならないのだ。

4

「カット!」

という監督の声と当時に、田所有記は手にしたストップウォッチを押した。計った時間をスクリプト用紙に書き込む。

「ああ、終わった」

「お疲れさま」

さっきまで抱き合っていた男女二人の俳優がさっと相手の身体から離れ、安堵のため息をつき合った。

「お疲れ」

プロデューサーの並木《なみき》が有記に声をかけた。「無事、終わったね」

「お疲れさまでした。いろいろとありがとうございました」

モニターを眺めている監督に礼を言ってから、有記は並木に微笑みかけた。

「有記ちゃん、この仕事のあと、しばらくお休みするんだって？」

「ええ、まあ」

「結婚？」

　と突っ込んでおいて、「なわけないか」と、並木は肩をすくめて笑った。髭面《ひげづら》でバツ二、現在は二十歳も年下の三番目の妻と暮らしている五十近い並木は、撮影現場で一人寂しそうにしている俳優に声をかけたり、ミスして落ち込んでいるスタッフを励ましたりと、つねに場を盛り上げ、ムードメーカーの役割を果たしている陽気な男であり、気配りのできる優秀なプロデューサーでもあるのだ。

「次のドラマ、有記ちゃんじゃないって、さっき聞いたばかりだから」

「三か月だけお休みさせていただきます」

「映画？」

「いえ、本当に何も入れていないんです。少しのあいだだけでも、祖母のそばにいてあげたくて」

「ああ、そうか。葵《あおい》先生、あんまり具合よくなかったんだっけ？」

「退院はしましたけど、今度は怪我をして」

　今年になって肺炎で入院し、二か月前に退院した。ひと安心したときに、庭で転んので左手を縁石に打ちつけ、肘《ひじ》を脱臼《だっきゅう》した上に手首を骨折した。利《き》き腕でなかったのが不幸中の幸いだが、片腕では日常生活する上でも何かと不自由だ。有記の祖母の田所葵は、八十七歳になる。頭はしっかりしているが、年齢相応に骨は脆《もろ》くなっている。

「葵先生もご高齢だからね。有記ちゃんも大変だけど、家にいてくれるなら先生は喜ぶだろうね。次のシリーズは半年後。それまでには戻って来てよね」

「そのつもりでいます」

またよろしくお願いします、と有記は頭を下げた。半年も休んでいるわけにはいかない。祖母の怪我《けが》が完治するまでに三か月を要すると医者から聞き、ワンクールあけて、次の仕事まで祖母の世話をしようと思い立ったのだった。ギプスと三角巾が取れるまでに約ひと月かかり、その後はリハビリとなる。

有記はセットの片隅へ行き、ディレクターズチェアに座ると、束ねたスクリプト用紙を最初からチェックした。監督に渡す前に、日付、カメラ、アクション、ダイアログ、サウンド、と項目別に見落としがないかどうか、書き間違いがないかどうか確認する。つねに監督をはじめ、大勢のスタッフに囲まれての仕事だが、最後は必ずこうして一人になる時間を持ち、集中力を高めることにしている。

テレビドラマを見ていると、エンドロールに俳優名やスタッフ名が列挙されるが、撮影に使われたロケ地や商品名などが表示されたあとに、ほかのスタッフ名に混じってひっそりと「記録」という文字が現われる。日本語では「記録係」、英語では「スクリプター」と称される、一般的にはあまりなじみのない地味な仕事に、有記は就《つ》いている。「監督の女房役」などと呼ばれるスクリプターは、映画やテレビの制作現場においては地味ながらも重要な仕事を任されているのだ。仕事の内容は、ひとことで言えば、映画やドラマ撮影の記録と管理だが、それ以外にも脚本から上映時間を計算したり、衣装合わせや撮影の打ち合わせをしたり、編集やダビングに立ち会ったり、完成台本の作成をするなど、撮影の準備段階から仕上げの段階まで細々《こまごま》とした作業に携《たずさ》わっている。

大学で美学・美術史を学んだ有記は、当初は取得した学芸員の資格を生かした仕事を希望した。だが、美術館での学芸員募集はまれで、数少ないポストには優秀な志願者が殺到した。就職試験に落ちて将来を考えあぐねていたとき、そういう状況に陥《おちい》るのを予期していたかのように声をかけてきたのが、映画の配給会社の社長の峰岸《みねぎし》だった。峰岸の会社では、営業、広報、制作と、ほとんど何でも屋のように貪欲《どんよく》に仕事をさせてもらった。気がついたら、まるで雑用係のようになっていたのだが、「君にもそういう血が流れているから」と、雑用の延長でやらされたのが「記録係」、すなわち「スクリプター」の仕事だった。峰岸のところで修業を積み、フリーになって映画からテレビドラマへと仕事の幅を広げてきた。並木がチーフプロデューサーを務めている警察ドラマ『警視庁ザッソウ班』シリーズは、視聴率が好調で回数を重ね、今回が四回目のシリーズになる。シリーズとなると、俳優もそうだが、監督もスタッフもほぼ同じ顔ぶれが揃う。シリーズの仕事を持っていると強い。それだけ、定収入が得られるからだ。

「これでよし」

自分を鼓舞するように声を出したとき、ホチキスでとめたスクリプト用紙の束が膝から滑り落ちた。拾おうとすると、めくれた用紙の中の「リカ」という文字が目に飛び込んできた。今回担当したドラマの登場人物の名前。奇《く》しくも、別れた夫のもとに残してきた娘と同じ名前である。

――あの電話は何だったのだろう。

別れた夫からの電話を思い起こす。二日前の土曜日の夕方だった。セットでの撮影が続いていたが、ちょうど休憩に入ったとき、ジャケットのポケットの携帯電話が震《ふる》えた。離婚して旧姓に戻った有記を気遣ったのか、元夫は「守本俊作です」と、あらたまってフルネームを名乗った。梨香との面会の期日を決めるときに、有記から元夫に電話をすることはあるが、離婚後、彼から電話がかかってくることはめったにない。一度決めた面会の日を変更するときは、「ユーマ、あのね、その日はお楽しみ会があってだめになったの」と、最初に梨香を電話口に出させてから、父親の俊作に代わる。そして、俊作は短い会話で用件を済ませる。いまの妻への遠慮があるのだろう。

何の用事だろう、と訝《いぶか》った有記に、「ああ、何でもないんだ。間違えて、そっちに電話しちゃった」とあわてた声で言って、俊作は電話を切った。その前に梨香の声が聞こえたように思ったが、気のせいだったのかもしれない。

——どこと間違えたのかしら。

気にはなったが、再婚した夫に確認の電話をかけるわけにはいかない。そのままにしていた。

——ちょっと見ないあいだに、梨香はまた大きくなったかしら。

前々回は梨香の学校行事に重なって、前回は有記の撮影に重なって面会日が流れた。だから、もう四か月も梨香の顔を見ていない計算になる。

——次に会うのは、梨香の誕生日ね。

定点撮影の日だ。それには、何としても都合をつけて梨香に会い、俊作も加えて三人で記念撮影をしようと決めている。誕生日がだめなら、いちばん近い日だ。

――それにしても、美世子さん、よく承知してくれたものだわ。

別居中、俊作と職場が一緒の美世子が梨香の世話をときどき焼いてくれていると知り、「わたしと離婚したら、彼女と再婚するつもり?」と、有記のほうから探りを入れた。

「そうしようと思っている。彼女も梨香のよき母親になりたいと言っているから」

と、ためらいもせずに俊作は答え、娘の成長過程における女親の重要性を強調した。

「だったら、彼女に会わせて」

梨香も交えて四人での顔合わせの場を提案したのは、有記だった。

当時、五歳の梨香はまだ大人の世界の駆け引きを知らない純真無垢《むく》な幼稚園児で、

「これからは、美世子さんが梨香のママがわりをしてくれるって」

という言葉で、有記が新しい生活をほのめかすと、

「へーえ、ママが二人になるんだ。じゃあ、ユーママとミーママだね」

と、早速、呼び方まで自分で考えて、新しい生活をすんなりと受け入れた。

その時点ではすっかり美世子になついていたから、有記も梨香のそうした反応を仕

方のないものとして受け止めたのだった。

それまで母親がわりを務めていた俊作の母親が脳梗塞《のうこうそく》で急死してから、俊作の出張のときなどに頼まれて梨香の面倒を見ていたのが美世子だった。

――わたしとは正反対の女性。

美世子をひと目見て、有記はそう直感した。外見もまるで違った。有記は昼夜を問わない仕事のために手入れしやすいように髪を短くしているが、美世子は緩くパーマをかけた髪を長く伸ばしている。動きやすいように、とつねにパンツスタイルでいる有記に対して、美世子は襟《えり》のないツイードのジャケットに膝丈《ひざたけ》のスカートというPTAの会合に出席する正統派ママといったスタイルで現われた。会食の席では、円卓に運ばれてくる料理を率先して取り分けるなど、有記とは違って、美世子は女らしい細かな気配りを怠《おこた》らない。

しかし、自分とは違うからこそ安心して梨香を任せられる、と有記は思った。有記と俊作は大学が同じで、学部は違ったが、広告研究会に所属していた。男と女は、自分にないものを持っている相手に惹《ひ》かれるというが、有記は俊作の慎重さと堅実さに惹かれ、俊作は有記の思いきりのよさと行動力に惹かれたのだ。

しかし、最初は長所と思われたそれが、夫婦になってから鼻につき出す瞬間がくる。その瞬間が有記より先に俊作のほうに訪れた。

――妻にしてはいけない女を妻にしたあとで、妻にすべき女に気づいた。その妻にすべき女が自分のすぐそばにいた。それが美世子だった。有紀は、別れてから、三人の関係をそんなふうに客観的に分析することができた。いまは、離婚を切り出した俊作を恨《うら》む気持ちもなければ、夫と娘を奪った形の美世子を妬《ねた》む気持ちも微《み》塵《じん》もない。それどころか、美世子には本当の母親以上に梨香を大切にしてほしいと願っている。だから、「二人で協力して、あの子の成長を見守りましょう」という言葉を彼女に残してきたのだ。

――家庭的でおとなしそうに見えるけれど、芯《しん》の強い女性。

俊作と夫婦としてやり直すことはすでに考えられなくなっていた有記は、一度会って短い会話を交わしただけで、美世子の本質を見抜いた。その芯の強さに賭《か》けてみる気になり、正式な離婚に同意した。離婚時の条件に「子供との面会の回数は減らしてもいいが、子供の誕生日にはもとの家族三人で同じ場所で記念撮影をすること」を盛り込んで。その約束は、去年、一昨年と果たされている。

スクリプターとしてのこだわりだった。同じ日時、同じ場所で、同じ顔ぶれで写真撮影をする。何年も積み重なれば、写真を通して、それぞれの成長や老いがうかがえる。家族の、いや、家族でなくなっても、それは大切な記録だ。

梨香の誕生日は、六月十七日。今年は日曜日に当たった。大阪に単身赴任中の俊作も自宅に戻っているだろう。有記にとってもはじめての休職中の「定点撮影日」となる。


有記は書類の整理を終えると、バッグから手帳を取り出して、挟んであった梨香の写真を引き出した。ピアノの前に横向きに座り、笑顔を正面に向けている梨香。デジカメで撮《と》ったのだろう。撮影者は誰なのかわからない。

「学校や仕事の関係で、なかなか会えないかもしれないけど、梨香の写真だけは定期的に送ってね」

離婚時に俊作にそう頼んだのだが、その約束もきちんと守ってくれて、運動会、ピアノの発表会、遠足、と行事のたびにまめに写真を送ってくる。手紙は同封されていない。自宅でプリントしたらしい写真の余白に、撮影日と「ピアノ発表会」などとていねいな字で行事名が書かれているだけだ。封筒の差出人名は「守本俊作」となっているが、彼の筆跡ではないのは明らかである。ペン習字のお手本のように整った美しい字。そんな文字を俊作は書かない。

――すばらしく美しい字を書く女性。

美世子のそんな特技もまた、娘を託した母親として、有記は高く評価していた。

——いつも家にいてくれる。

まだ手のかかる子供にはそういう存在が必要だ。わたしにはできなかったことを美世子さんがやってくれる。

——梨香と美世子さんの絆を強くするためにも、わたしはあまり表には出ないほうがいいのかもしれない。

そう考えて、でしゃばらず、控えめに接するのを、有記は心がけているのだった。すべては梨香の幸せのために。けれども、梨香を産んだのは有記である。忘れられたくはない。だからこそ、定点撮影にはこだわりたいのだ。

有記は一つ大きな深呼吸をしてから、写真をしまうと、まだモニター画面の前にいる監督へと向かった。

5

「あっ」

葵が小さく声を上げたので、

「目に入っちゃった？」

と、有記は急いでタオルを差し出した。

「ああ、大丈夫。悪いわね、あなたに世話を焼かせて」

頭を下げた姿勢でいるために、くぐもった声で葵はすまなそうに言った。

「じゃあ、流すわよ。いい？」

お湯の温度を確かめてから、有記は泡《あわ》のついた葵の頭をシャワーで洗い流した。

洗い終えると、濡《ぬ》れた髪の毛をタオルで拭いた。見事なまでの白髪だ。

「あーあ、気持ちよかった。ありがとう」

起こした頭を左右にゆっくり振ると、葵は、心底気持ちよさそうにため息をついた。

「じゃあ、マッサージもサービスでするね」

有記はいたずらっぽく言って、八十七になる祖母の肉の落ちた肩をやさしく揉《も》んだ。一年ごとに身体が縮んで小さくなっていく気がする。

「ああ、極楽、極楽」

温泉に浸かったときのように目をつぶり、葵は吐き出す息とともに声を絞り出した。

休職一日目は、左腕の怪我で髪の毛を洗えない祖母のためにシャンプーをしてあげることから始まった。場所を居間のソファに移して、ドライヤーで濡れた髪を乾かす。総白髪ではあるが、髪の量はまだ豊富で艶《つや》もある。おしゃれに気を遣う葵は、月に一度は美容院に行く。手入れをしやすいようにパーマをかけてもいる。

「このくらい、一人でできるわよ。右手は使えるんだから」

文句を言われながら着替えを手伝ったあと、有記は台所に立って食事の用意をした。午前十時半。朝食と昼食を兼ねたブランチの時間だ。高齢の葵は食が細くなり、朝は牛乳を飲むくらいで、食事は昼と夜の二食が習慣になっている。有記も撮影に入ると、自宅で食事する暇もないほど多忙で不規則な生活になる。何日か泊りがけの地方ロケが入る場合もある。それだけに、祖母のそばにいられるこの三か月間は、「家事手伝い」の肩書きしか持たない孫娘になって、日常の時間を大切に過ごしたかった。

「あら、新聞、どうしたかしら」

居間から葵の声がして、有記は手を拭きながら台所から顔をのぞかせた。

「新聞？　さっきそこにあったけど」

「どこか持って行ったかしらねえ」

葵がソファから立ち上がったのを、「わたしが探すから」と、有記は手で制した。

廊下に出ると、玄関の棚の上に朝刊が置いてあった。階段を使わなくてもいいように、だいぶ前から葵の部屋は玄関横の和室に変えてある。部屋へ持って行こうとして、棚に置いたのを忘れていたのだろう。

「はい、新聞」

朝刊を差し出すと、葵は怪我をしていないほうの右手で受け取り、「困ったわねえ」と苦笑した。「最近、ひどく忘れっぽくなって。年のせいかしら」

「そんなことないよ。おばあちゃまはまだまだ若い、元気だって」

と、有記は励ましておいて、心の中では深刻なため息をついていた。身のまわりのことはまだ一人でできるとはいえ、葵は九十歳近いのだ。いつその身に何が起きるかわからないし、頭だっていつまでしっかりしているかわからない。

――おばあちゃまの記憶が確かなうちに、わたしにはしておかなければならないことがある。

有記は、自分の胸に強く言い聞かせた。そのために自分に設《もう》けた三か月間の猶予《ゆうよ》でもあるからだ。

こんがり焼けたトーストにはちみつを塗り、その上にブルーベリージャムを重ね塗りする。サラダ菜とベビーリーフとブロッコリーのサラダにゆで卵を添える。合わせる飲み物は、シナモンを垂らした紅茶とトマトジュース。果物はキウイ。夕食は和食でも洋食でも中華でもかまわないが、朝昼兼用のブランチはパンで洋風。それは、亡くなった夫の田所燐太郎《りんたろう》と生活していたときからの葵の習慣だった。

田所燐太郎は、耽美《たんび》派と称される映画監督だった。作品数は少ないが、ヨーロッパ、とくにフランス映画の影響を受けた洗練された様式美が特徴で、彼の作り出す映像の世界には熱狂的なファンがついていた。葵より十歳年上の燐太郎は、有記が小学生のときに肝硬変《かんこうへん》で亡くなった。強い酒が好きで、ひと晩にボトル一本空けるような豪快な飲み方の男だったという。洋もの好きで、飲む酒はブランデーかウィスキー、着る服は銀座の高級紳士服の店で仕立て、朝は必ずパン食で、一部を洋館風に設計した家に住んだ。その影響を葵も受けたようで、朝のパン食がいまだに続いている。

ダイニングテーブルに食事のしたくが整い、葵を席に着かせたときに、居間のデスクの電話が鳴った。テーブルもデスクも猫足のついたアンティーク家具で、これも葵の亡き夫の愛用品だった。電話機も少し前までは黒電話を使っていたが、さすがに使いづらくて、いまは一般的に普及しているファックス付きの電話機を使用している。

「はい、田所です」

と、有記が受けた。現在は引退しているとはいえ、祖母の田所葵は、七十代まで都内の大学の芸術学部で映像学を教えていた知識人である。

「田所有記さんはいらっしゃいますか？」

しかし、電話の女性は、葵ではなく有記の在宅を問うた。

「わたしですけど」

今日から休暇に入ったと知っている誰かだろうか。怪訝《けげん》に思いながら、思い当たる顔を脳裏に巡らせる。

「わたくし、フリーライターの里見《さとみ》と申します。お仕事の件で取材させていただきたいんですが」

「わたしを、ですか？」

田所葵を、ではないのか。少なくとも、田所有記より田所葵のほうが知名度は高い。田所葵は、戦後の女性スクリプター第一号として有名なのだから。いままでに何度も映画監督だった夫、田所燐太郎の件で取材の申し込みがあったり、女性スクリプター第一号としての回顧録を出しませんか、という出版の話が持ち込まれたりした。しかし、そのたびに葵は断っている。

「はい、テレビドラマなどのスクリプターをされている田所有記さんです」

と、里見と名乗ったフリーライターの女性ははっきりと言った。声の調子から察するに、同世代だろうか。

「仕事中のわたしを取材したい、というご要望であれば、いまはご期待に沿えないと思いますが。今日から休暇をとって、家にいるもので」

以前、女性誌の取材が撮影所に来たとき、女性スタッフの一人としてインタビューされたことがあったが、ごく小さな記事の扱いだった。

「休暇ですか？　就職関係の雑誌に載せる記事なので、スクリプターの仕事がどんなものか、お話をお聞かせいただくだけでいいんです。どこかでお会いできないでしょうか」

「そうですね」

答えながら、左手首のギプスが痛々しい葵をちらりと見る。左腕を三角巾で吊り、右手で紅茶のカップを口に運びながら、葵の視線は新聞に落ちている。孫娘の動向など気にしていない、という姿勢を示しているのだろう。

「あの、自宅に来ていただけませんか？」

高齢で怪我人の葵が気になる。

「よろしいのでしょうか」

「ええ、どうぞ」

有記は自宅の住所を教え、午後二時にお待ちしています、と言い添えた。

「では、うかがいます」

電話を切ってから、「今日、二時に取材の人が来るけど、いい？」と、有記は葵に事後報告の形で聞いた。

「かまわないけど、どなた？」と、葵は新聞から目を上げた。

「里見さんというフリーライターの女性。田所葵先生もご一緒にお話を、となるかもしれないけど、そしたら……」

言いかけたのを、「それはお断りするわ」と、言下に葵は首を振り、「取材の方はあちらのお部屋に通してね」と続けた。洋館風の設計にこだわった燐太郎が客を通すためだけに作った部屋がある。

「わかった」

予想していた拒絶だったので、有記はあっさりと引き下がった。やっぱり、と内心でうなずく。葵は、戦後、映画界で学んできたことを後進に伝えるのは自分の役目だという使命感だけは持っていた。したがって、大学の講師の仕事は引き受けた。だが、それ以外のプライバシーにかかわる依頼はすべて拒否してきた。

——自分の家族のことを世間に知られたくないんだわ。

有記は、ずっと抱いてきたその思いを再確認した。燐太郎と葵のあいだに生まれた一人娘、すなわち有記の母親の田所藍子《あいこ》は、若いときに家を出て、誰ともわからぬ男の子供を結婚しないままに産んだ。それが、有記だった。つまり、有記は私生児で、いまだに自分の父親が誰なのか知らないのだ。藍子は、相手の男に子供の認知を求めず、有記に父親の名前を告げないまま、海外旅行中の事故でこの世を去った。有記が高校に進学した直後だった。

最愛の夫、一人娘、と相次いで失った葵は、その喪失感を埋めるように孫娘の有記に精いっぱいの愛情を注ぎ、育ててきた。最初からその道を選んだわけではないのに、奇しくも、スクリプター第一号の祖母である田所葵と同じ仕事に就いた有記である。

仕事に関しての質問には先輩として快《こころよ》く答えてくれる葵なのに、家を出た一人娘の藍子に関しての質問には一切口を閉ざしている。

——ママから何か聞いていない？

——わたしの父親が誰なのか、おばあちゃまは本当は知っているんじゃない？

何度同じ質問を葵に向けたことか。そのたびに、口を引き結んだ険《けわ》しい表情をして、葵は首を横に振るのだった。いつだったか、有記が夜中に起きたとき、葵が居間で手紙のようなものを読んでいた。「それ何?」と聞いたら、「何でもないの」と、葵はあわてて後ろに隠したが、あれは父親に関するものだったのではないか。葵の入院中、何か手がかりがないか家の中を探してみたが、何も見つからなかった。処分してしまったのかもしれない。

——おばあちゃまが知っているのなら、頭がしっかりしているうちに聞き出したい。

この休暇中が聞き出すチャンスだ。高齢の葵に認知症の症状が現われてからでは遅い。有記は、そう考えてあせっていた。とはいえ、聞き出すための具体的な策はない。ただ……自分の頭の中、記憶をつかさどる海馬にぼんやりと棲み着いている原風景はある。三、四歳のころだったか、有記は母親に手を引かれ、知らない家に行った。畳の部屋がいくつも連なっていて、襖《ふすま》に大きな墨絵が描いてあった。そんなぼんやりした記憶しか残っていないのだが、確かに、その家の中で大人の男の人に会った。母親の手とは違う、大きくたくましい腕に抱かれた記憶もかすかに残っている。

——あれが、わたしの父親だったのでは。

そうあってくれればいい、という願望が曖昧《あいまい》な記憶を鮮明なものへと変形させてしまうのか。あるいは、あれは幼いころに見た夢だったのか。しかし、霞《かすみ》がかかったようなその映像だけは、有記のまぶたの奥にぺたりと張りついているのである。

6

二時を五分過ぎたころ、里見知子《ともこ》からもらった名刺をテーブルに置き、それを挟んで、有記は彼女と向き合っていた。肩書きは「フリーライター」となっていて、カタカナ名の編集プロダクションらしい会社名と電話番号が刷られている。

「急なお願いを聞き入れてくださり、ありがとうございます」

ソファに浅く座った里見知子は、玄関での言葉を繰り返した。フリーライターだから取材慣れしているはずなのに、その顔に笑みはなく、緊張の面持《おもも》ちでいる。

「就職関係の雑誌、という話ですが」

客間に通したら、見本の掲載誌を渡されると思っていたので、鞄《かばん》から何も出そうとしない里見知子に有記は少し面食らった。黒いジーンズに白いTシャツにポケットのたくさんついたジャケット、と服装は仕事中の有記と変わらない。軽快なスタイルだ。肩に掛ける鞄も大きめで、取材に使うカメラも入っていそうだ。短い髪型にも共通点があり、有記は同世代と思われる彼女に通りいっぺんの親近感は覚えた。

「それはうそではありません。そういう仕事は、このあいだまでしていましたから。いまは、ここととの契約は切れています」

里見知子の口から「うそ」という言葉が出たのと過去形での話し方に、有記の戸惑《とまど》いは大きくなった。

「すみません。うそをついて。でも、どうしても田所有記さんにお願いしたかったので」

うそをついた、と認めた彼女に、有記は戸惑い以上に警戒心を募らせた。

「もしかして、本当は、わたしではなく、わたしの祖母、田所葵を取材したかったのかしら」

やっぱり、と内心で舌打ちをしておいて、有記は席を立つと、部屋の隅へ行った。燐太郎の時代から客間として使っている応接セットを置いた部屋には、台所に行かなくてもいいように小さなバーカウンターが設置されている。用意してあった電気ポットで紅茶をいれるしたくをする。

「もちろん、田所葵さんのことは存じ上げています。女性スクリプターとしての地位を確立し、戦後の日本映画界に大きな影響を与えた方であることも、ご主人が映画監督の田所燐太郎さんだったことも」

里見知子は歯切れのよい口調で熱っぽく言い、「でも、今日は、田所有記さんにお願いがあって来たんです。わたし、『警視庁ザッソウ班』シリーズも全部見ていますし、連続ドラマの『最後の証人』も夢中で見ていました」と、落ち着いた口調に変えて続けた。

いずれも、有記が記録を担当したドラマだ。エンドロールで流れる「記録」の項目をチェックしている人間は、それほど多くはないだろう。

「それはどうも」

短く受けて、有記はティーカップを里見知子の前に運んだ。

「恐れ入ります」

頭を下げたが、里見知子は紅茶に口をつけようとせずに、「実は」と、弾《はず》みをつけるように身を乗り出した。「スクリプターの田所さんに、わたしを記録してほしいのです」

「どういう意味ですか?」

何を言い出すのだろう。わたしは、おかしな女を招き入れてしまったのか。有記は、少し気が重くなって相手の潤《うる》んだような目を見つめた。

「すみません。言葉が足りなかったみたいですね。ある一定の期間、わたしの行動を記録してほしいのです。わたしがどこへ行き、誰に会い、何を話したか」

「どう記録したらいいのかしら。カメラ撮影なら、わたしは適任者ではないと思うけど」

ぶしつけな彼女の依頼に対して、返すこちらの言葉もつっけんどんになる。

「行動をつぶさに記録する、という意味では、スクリプターの田所さんは適任だと思います。観察力や注意力を要する作業ですから」

「あなたを主人公にした自主映画でも撮るおつもりですか？　その撮影をわたしがするの？」

皮肉をこめて聞いた。この女は、ナルシストの映画愛好者なのか。大学で自主製作映画を一本撮ると、映画熱に取りつかれるというが、その種の人間か。顔立ちは整っているから、ヘアメイクを完璧にすれば、女優のように化けられるだろう。

「ギャラはお支払いします」

「ギャラとかそういう問題ではなくて、あなたのことを何も知らないわたしが受ける仕事ではないという意味です」

「人間一人が死ぬまでを、こと細かく記録していただきたいのです」

「死」という言葉をいきなり出されて、有記はハッと胸をつかれた。

「ひょっとして、里見さんはご病気なんですか？」

余命幾《いく》ばくもない命なのだろうか。少し前に、定年退職後に父親の病気が判明し、余命がわずかだと医者から知らされた娘が、父親が亡くなるまでの日常を家族との交流を中心に淡々と撮った映画が公開された。この里見知子も類似の状況下にあって、自分が被写体になるのを望んでいるのだろうか。

「いえ、わたしはこのとおり、元気です」

里見知子は、そのときだけかすかに笑みを浮かべて首を振った。

「じゃあ、誰が……」

彼女は、「死」という言葉を持ち出したのである。

「一人の男です」

「それは、里見さんの親しい方ですか？　たとえば……」

お父さんとか、と言いかけて、有記は口をつぐんだ。かすかな笑みを引っ込めたあとの里見知子の表情は怖いほど真剣で、口元がこわばっている。

「わたしは、これからその男を殺そうと思っています。わたしが彼を殺すまでを、田所さんに克明に記録していただきたいのです」

「そ、そんな……」

冗談でしょう、と笑い飛ばしたかったが、息苦しい雰囲気に阻《はば》まれた。

「田所さんは引き受けるはずです」

「どうしてですか？」

「お嬢さん、梨香ちゃんでしたよね」

「娘を……どうしたんですか？」

生暖かい不穏な空気が彼女から押し寄せてきた。鋭い針が記憶のツボを突いた。数日前、別れた夫から突然電話がかかってきたが、中途半端に切られたのだった。

「田所さんは、わたしの依頼を断れないはずです。別れたご主人に確認してみてください」

　里見知子はそれだけ言うと、「失礼します」と、足下の鞄から細長い箱のようなものを取り出して、テーブルに置いた。「いままでの会話、すべて録音させていただきました。もう記録は始まっているんです。これは、取材で使っているボイスレコーダーです。モノローグの序章はすでに吹き込んであります」

「ちょっと待ってください。別れた夫に確認しろとはどういう意味ですか？」

有記が手を伸ばすと、里見知子は素早くボイスレコーダーを取り上げた。そして、口に近づけると、ボイスレコーダーに向かって本を朗読するときのようにゆっくりと話しかけた。「さあ、いまから、『里見知子、殺人に至るまでの記録』が始まります」

7

葵が自分の部屋に入るまで付き添って、有記は二階へ行った。固定電話を使わず、携帯電話で別れた夫、守本俊作に電話する。葵に聞かれてはまずい内容だった。その葵には、「どんな取材だったの?」と聞かれたが、「三十代の働く女性向けの雑誌よ。テレビ業界での仕事を希望する人に向けてのメッセージを、と言われただけ」と、内容には踏み込まずに答えておいた。

守本俊作は、すぐに電話に出た。現在、彼が大阪で単身赴任生活を続けているのは、梨香の産みの母親として、当然知らされている。

「有記です。田所有記です」

先日、彼がフルネームを名乗ったので、こちらもそれに合わせた。が、婚姻中も仕事では旧姓で通していた有記である。戸籍上の氏名が変わっただけで、生活する上ではとくに変化はない。

「梨香の誕生日の面会の件ですか?」

ああ、と、離婚したのだから当然だが、他人行儀に受けたあとに、俊作はそう切り出した。用件を早く済ませたいらしい。

「その件はまた後日。今日は、土曜日にもらった電話の件で聞きたいことがあって」

「何?」

短い問いのあとに、生唾を呑み込む音が続いた。

「あのとき、間違えた、と言ったけど、何かあったの?」

「いや、何でも。言葉どおり、間違えただけ」

「どこと間違えて電話したの?」

「いや、それは……」

その先が続かない。

「やっぱり、梨香に何かあったのね」

「何で、梨香に、ってわかったんだよ」

低く絞り出した俊作の声に怒気が含まれていた。

「何があったか、先に言って」

きつい口調で返すと、俊作はしばらく無言でいたが、「公園からいなくなったんだよ」と答え、大きく息を吐き出した。

「それって、誰かに……」

連れ去られたのか。あの里見知子に？　心臓が高鳴る。「で、どうしたの？　梨香は大丈夫なの？」

「とっくに帰っているさ。君が電話に出た直後に。だから、電話を切ったんだよ」

「そう」

肩に入っていた力がすっと抜けた有記は、「くわしく教えて」と頼んだ。

ふうっ、とふたたび大きな吐息を漏らして、俊作は話し始めた。

8

「梨香はもう寝た？」

「あたりまえじゃない。もうこんな時間よ」

日付が切り替わるころにかかってきた夫の電話に、美世子は胸のざわつきを覚えた。

「やっぱり、彼女の関係だったよ」

「彼女って、有記さんの？」

その言葉だけで、美世子はすべてを察した。土曜日に梨香が公園から女に連れ去られた事件だ。

「今夜、彼女から電話がかかってきて、あの電話は何だったのか、と聞かれたんだ。こちらがくわしい話をする前に、『やっぱり、梨香に何かあったのね』って。心当たりがあったんだよ」

「梨香を連れ去った女は誰だったの？」

「そこまではわからない。聞いても、知らない、わからない、と言うだけで。だけど、ぼくの感覚では、やっぱり、彼女の関係だよ。間違いない」

「それじゃ、なおさら……」

憤りや恐怖が喉元にこみあげて、一時的に美世子は言葉に詰まった。「あんな定点撮影はやめにしてちょうだい」

「だけど、それとこれとは話が……」

「別じゃないわ。これでも、まだあなたは有記さんをかばうの？　梨香の産みの母親だからって。梨香を黙って連れ去るような女友達がいる人よ。いえ、有記さんがその女友達に頼んだのかもしれない。わたしたちを、いえ、わたしを震え上がらせるために」

「そ、そこまではやらないだろう」

「そう言い切れる？」

俊作は答えない。

「とにかく、しばらく有記さんとは距離を置きたいの」

こみあげる憤懣《ふんまん》を抑え込んで、美世子は言った。

# 第三章　ログ2

里見亮一《りよういち》。事件の被害者として新聞に載った兄の名前である。兄の名前は、そうして記録に残った。

だが、記録されなかった名前がある。

事件の加害者。兄を殺した男の名前だ。彼は、事件当時、未成年だったという理由で、名前は公表されなかった。したがって、どこにも記録は残っていない。法的な手続きの場では残っているかもしれないが、少なくとも、一般人の目に触れる範囲では残っていない。

わたしが彼の名前を知っているのは、彼が兄の友達だったからだ。兄は、遊び仲間の一人に殺されたのだ。

死人に口なし、とはよく言ったもので、兄の場合がそうだ。事件の背後にいじめがあった、とうわさされたが、兄は友達をいじめるような人間ではない。とてもやさしい性格で、暴力を忌《い》み嫌う人間だったのに。

事実は逆ではないのか。遊び仲間の中でつねにいじめの対象となっていたのが、兄だったのでは？　その兄がなぜあんな目に遭《あ》わなければいけなかったのか。

「いじめに耐えられなくて、ついカッとなって……という状況だったみたい」

「まあ、あんなに成績がいい子で、おとなしそうな子がね」

「おとなしそうに見えても、内側にすごいエネルギーを秘めている。それがいつ爆発するかわからないのが男の子だものね」

「中学三年生の男の子って、扱いにくいのよね。仲がよさそうで、実は……なんてこともあるというし。表には現われない陰湿ないじめだったんでしょうね」

「ケンカがエスカレートしたのね。呼び出したのは、被害者のほうだったとか」

「傷害致死罪でしょう？　歯止めがきかなくなる怖さも、あの年齢の子たちにはつきものね」

「よっぽどストレスがたまっていたんでしょうね。加害者の少年の家庭、お父さんが厳しかったとか」

兄の死後、いろんなうわさが耳に入ってきた。どれも、加害者を擁護《ようご》するような内容だった。

勉強面でも運動面でも目立たない兄に比べて、加害者は成績もよく、陸上部でも走り高跳びの選手として活躍していた。世間の目は「そういう優秀な子でも、何かのきっかけで加害者になってしまう」ことの恐ろしさのほうに向けられていて、被害者の兄より、加害者の彼へ同情が寄せられていた。

——兄は、殺されて当然だったの？

妹のわたしにはとてもやさしかった兄。真夏の夜、兄と自宅で留守番をしていたとき、窓から一匹の蛾《が》が部屋に飛び込んできた。きゃあきゃあ叫びながら、わたしがうちわで叩き落とそうとしたら、「蛾にだって命がある。明かりに誘われてきただけのことだよ。かわいそうだから、逃がしてやろうよ」と、兄はうちわを使って戸口へと蛾を誘導し、外へ逃がしてやったのだった。

小さな命を大切にした兄。そんな兄が友達をいじめるはずがない。兄は内気で口下手だったから、あらゆる場面で誤解を受けたり、損をしたりしたかもしれない。友達がした悪事なのに、「里見、おまえがやったのか」と、先生に問い詰められて口ごもり、結果的に兄のせいにされてしまったこともあった。事件に関しても、頭の回転の速い口の達者な加害者が、遊び仲間に口裏を合わせるように強要したに違いない。兄が呼び出したというのも、本当かどうか疑わしい。殺意を抱いたあいつに、兄が呼び出されたのではないか。そこも「死人に口なし」で、まわりの大人はすべてあいつの言葉を信じたのだ。

「里見家の長男だから」と、両親が名前に「一」の字を入れて「亮一」とつけた兄、里見亮一。最愛の長男を中学校の同級生に殺されて、両親は悲嘆に暮れた。それでも、遺された娘のわたしのために、必死に働いて育ててくれた。そんな両親ももはやこの世にはいない。大事な長男を失った悲しみが彼らの死期を早めたのかもしれない。

――兄が生きていたら……。

両親を失って、その思いが強くなった。兄の存在は、わたしの生きる心の支えになったのに。

学校の成績はよくなかったかもしれない。だけど、兄はとても博学な人だった。兄の趣味が中学生にしては大人びていて、偏《かたよ》ったものだったので、学校の成績には反映されなかったのだろう。兄の将来の夢は、映画監督になることだった。映画が好きで、洋画邦画を問わず見ていたし、いろんな映画雑誌を読んでいた。

「監督では誰が好きなの？」

「言ってもおまえにはわからないよ。田所燐太郎って人だけどね。好きな作品は、『舌の記憶』」

わからないよ、と言いながらも、好きな作品まで教えてくれた兄だった。

田所燐太郎。その名前を、わたしは日記と脳味噌《のうみそ》に刻《きざ》み込んだ。

それから、二十三年。

ひょんなことで、兄を殺した男と再会した。もっとも、一方的にわたしが彼を見つけて、彼に注目していただけだから、彼のほうはいまだにわたしには気づいていないはずだ。

あいつは、姓を変えて、のびのびと生きていた。

自分が犯した過去の罪を悔《く》い改めた上での生活ならば、わたしも少しは許す気になっただろう。

だが、違った。彼は、悔い改めてなどいなかった。それどころか、過去の犯行を誇らしく思っているらしいことがわかったのだ。あの晩、わたしは雑誌社に頼まれて、取材のためにある居酒屋のカウンターにいた。「お一人さま居酒屋」という企画で、女性一人でも入れる居酒屋の下見中だった。

「人を殺すなんて簡単だよ」

不意に、背筋がゾッとするようなそんな言葉が聞こえてきて、襖が半分開かれた座敷へ視線をやった。

「人間は誰でも、そういう狂気じみた暴力的な部分を持っているんだからね。そいつも、ここだけは譲《ゆず》れない、という神聖な部分を社会に冒《おか》されたと思ったんだろうな」

笑いながらそう続けた低い声は、聞き憶えのあるあの男の声だった。わたしは、鮮明に声を憶えていた自分に驚いた。兄の部屋に何度も遊びに来たことはあったけれど、聞き耳を立てていたつもりはなかったからだ。当時中学三年生。すでに声変わりをしていたから、三十代後半になっても、声質にはさほど変化はないのかもしれない。座敷では、五、六人の男たちが、最近起きた通り魔殺人事件の話題を肴《さかな》に酒を飲んでいた。

わたしは、トイレに行く途中、座敷をちらりとのぞきこんで、中心にいたあの男の顔を確認した。スーツ姿のごく普通のサラリーマンに見えたが、鋭い目元と薄い唇《くちびる》に中学時代の面影が残っていた。入学式、運動会、林間学校、と兄と一緒に写った行事の写真を何度も見たから忘れるはずがない。

——過去に人を殺したが、悔い改め、現在はその償《つぐな》いも終えて、普通に暮らしている。

そういう状態にいないのは明白である。普通に暮らしている者であれば、殺人事件の話題になったとき、犯罪者を擁護するような発言をするはずがない。あいつは、犯罪者をいまだに自分の分身とみなし、何かしらの屈折したシンパシーを抱いているに違いない。つまり、「人を殺す」という大それたことのできた自分を心のどこかで自慢したがっているのだ。

いつか兄の汚名を晴らしたい。そういう気持ちがもっと激しい欲求に育っていき、「いつか兄のかわりに復讐したい」へと高まった。

兄が死に、両親も死んだ。恋人も離れていった。失うものは何もない。そうなったときの人間の強さを、いま、わたしは身をもって感じている。失うものは何もない状態になったからこそ、復讐のための作戦を実行できたのだ。

唯一の懸念材料が「お金」だったが、皮肉なことにそれも解決した。タイミングよく、宝くじで百万円が当たったのだ。一千万円ではない、百万円。それでも、将来の展望などないに等しいわたしには、一千万円相当の価値がある。何という幸運！　気まぐれで何年かぶりに買った十枚のうちの一枚が高額賞金を獲得するなんて。まったく皮肉な話だと、わたしは涙が出るほど笑った。結果的に、それがわたしの背中の最後のひと押しになったのだった。これは、「計画を実行に移しなさい」という天の声かもしれない。そのお金で高性能の新しい機材も買えれば、人も雇える。さっきも言ったけれど、罪を犯す覚悟でいるわたしに将来はない。だから、蓄《たくわ》えなどなくていいのだ。わずかな貯金はすべて使い切るつもりでいたが、計画を確実に遂行《すいこう》するためにには細部に費《つい》やすお金が必要になる。

人は、いまのわたしのような状態を「捨て鉢」とか「開き直り」とか言うだろう。そうかもしれない。捨て鉢になって、開き直れば、驚くほど大胆なこともやってのけてしまえるのだ。

三年前だったか、偶然、目にした女性誌に「テレビドラマの撮影現場」が特集記事になっていた。そこに「監督の女房役であり、アシスタントでもある」という「スクリプター」も紹介されていたが、それが田所有記だった。彼女の短いコメントのあとに、「祖父は映画監督の故田所燐太郎」とあるのを見た瞬間、脳裏に兄の笑顔が鮮やかに浮かび上がった。わずか中三の兄が尊敬し、将来の目標にしていた映画監督の田所燐太郎ではないか。それから、インターネットで検索したり、図書館の古い映画関係の資料を当たったりして、田所燐太郎やその妻の田所葵について調べた。田所葵には戦後の女性スクリプター第一号として活躍していた時代があり、その後、大学で映画について教えていた期間もあったとわかった。

もともとは兄がきっかけではあるが、自分と同世代の田所有記を、わたしは心のどこかで意識していたのかもしれない。

――「あのこと」を頼むとすれば、彼女しかいない。

計画を実行に移すと決めたとき、彼女の名前が記憶の中枢から浮上した。それで、彼女について調べた。くわしく調べるために調査専門会社に頼んだので、それなりに費用もかかったが、彼女に離婚歴があり、一人娘は別れた夫が育てていることもわかった。夫は再婚し、新しい家庭を築いている。

――田所有記に「あのこと」を引き受けさせるためには、どうすればいいか。

離れて暮らしている一人娘、守本梨香の存在がわたしにその方法を思いつかせた。だが、その方法を実行に移すには慎重を期さなくてはいけない。だから、準備には充分な時間をかけた。

いまのところ、すべてがうまくいっている。うまくいきすぎていて怖いくらいだ。すべてがいい方向に流れている。田所有記は、タイミングよく休職中である。受けていた仕事が一段落ついたのだろう。あるいは、同居している高齢の祖母、田所葵が介護が必要な状態になったのかもしれない。

――わたしが一人の男を殺すまでを、克明に記録してほしい。

田所有記は、わたしの依頼を断れないはずだ。いつも、どこからか、あなたの娘を見張っています。手を伸ばそうと思えば伸ばせますよ。そういう警告を与えたのだから。

あとは、彼女からの快い返事を待つだけだ。

わたしが殺したい男の名前を、ここに記しておこう。

西村元樹《にしむらもとき》。旧姓渡部《わたべ》元樹。いつの日か、いや、ごく近い将来、各種のメディアがその名前を記録してくれるだろう。その日、その瞬間を、わたしは高揚感を抱きながら待ち望んでいる。

# 第四章　準備

## 1

三、四歳だろうか。赤いワンピース姿の幼い女の子が小学校低学年くらいの少年をおぼつかない足取りで追っている。Tシャツに短パンの少年は歩調を緩め、女の子へと振り向いて笑いかける。

音声は聞こえないが、女の子のおちょぼ口が「お兄ちゃん」という形に動くのがわかる。女の子は両手を上げながら、男の子に近づいて行く。男の子は立ち止まり、手を叩きながら、女の子の接近を待っている。女の子のワンピースの裾《すそ》が風でまくれあがる。めくれた部分の布の色が赤から朱色へと変わる。映像が揺れ、女の子と男の子が遠のいていく。画面全体に霞がかかったようになり、やがて白一色になって、映像が消える。次に、黒い画面が現われて、白い文字が浮かび上がる。「亮一」と「知子」。男女の名前は、兄妹の名前か。

「三十年も前のフィルムね」

テレビを消すと、里見知子が言った。

「さっきの二人は、里見さんと……お兄さん?」

テレビの正面のベッドがわりのソファに座っていた有記は、ためらいがちに問うた。里見知子が住む新宿区《しんじゆくく》百人町《ひやくにんちよう》のワンルームマンションに行くなり、「見せたいものがあるの」と、いきなり見せられた短い映像だった。

「そう。わたしと兄の里見亮一」

里見知子はそう答えて、「もう死んじゃったけどね」と、薄く笑ってつけ加えた。

前髪をヘアピンで留めた髪型や裾をロールアップさせたジーンズというスタイルは、偶然、今日の有記と同じである。服装の好みも似通っているようだ。有記は、鏡でも見るような複雑な思いで里見知子と向き合っている。こんな形での出会いでなければ、親友になれたかもしれない。

「古い八ミリフィルムね」

昔の八ミリフィルムの映像をビデオテープやDVDにダビングするサービスがあるのは、有記も知っている。刑事ドラマの撮影で、事件の手がかりの一つとして、古い八ミリフィルムをDVDに再生させた映像を使ったことがある。

「そうよ。父が撮影したもの。亡くなった父は、機械類が大好きでね、子供たちをカメラでよく撮っていたわ。勤めていたのは、自動車の部品を造る工場だったけど」

里見知子は、いまは何も映し出していないテレビ画面を見つめながら、昔を思い起こすように続けた。「家にはもっとたくさん昔の八ミリフィルムがあったはずだけど、引っ越すときに処分したりして、これだけが残っていたの。借家だったから、保管しきれなくて捨てたものもたくさんあったんでしょうね。それで、一部分だけきれいに再生してもらったのよ」

「この映像を……」

どう使おうというのか。有記は、彼女の意図を探るために言葉を切った。

「映像の一部を記録映画に使うつもり。兄とわたしの幼き日の思い出の光景」

里見知子は、目を細めて答えた。

「里見さんが殺したい男って誰なの？」

その人物がこの映像に関係していないはずがない。里見知子の兄の亮一は亡くなっているという。

「兄の人生をたった十五年でストップさせた男」

里見知子は、抑揚《よくよう》のない声で答える。

「それは、誰なの？」

彼女の兄は殺されたのか。しかも、十五歳という若さで。十五歳といえば中学三年生か。「復讐」の二文字が脳裏に膨《ふく》れ上がる。

「有記さんは知らないほうがいいんじゃないかしら」

田所燐太郎と田所葵と区別をつけるためか、里見知子は有記を名前で呼んだ。

「どうして？」

「事件の詳細は知らないほうが有記さんのためだと思うから。単純に、記録映画の製作を依頼されただけ、としておいたほうがいいんじゃない？　梨香ちゃんのためにも」

梨香の名前を出されて、有記は言葉に詰まった。その梨香に危険が迫ったと知って、里見知子の依頼を受けざるを得ない状況に陥ったのだった。有記の家を訪れた二日後に「決心はつきましたか？」と、里見知子から電話があったとき、「わかりました。お受けします」と返事をした。「それじゃ、わたしの家に来て。今後の仕事についての説明をするから」と言われて、指定された場所にこうして来ている。JR山手線の新大久保《しんおおくぼ》駅から徒歩五分くらいのワンルームマンションの一室。建物は古いが、中はリフォームされている。不要なものを捨てたあとなのか、テレビとパソコンとソファベッドと折り畳みのテーブルがあるだけの部屋は、一人暮らしの女性の部屋らしい華やかさや生活感はなく、記録映画の製作に必要な無機質な機材だけが目立っている。部屋の片隅に設置されたミニキッチンは電磁調理器付きで、コンパクトな冷蔵庫も取りつけられている。さながらビジネスホテルのようだ。

「梨香には手出ししないでね。それだけは約束して」

有記は、強い口調で念を押した。

「わかってる。わたしだって、手荒なまねはしたくないから」

里見知子は、軽く微笑んだ。

「詳細を知らないままに、言われたとおりに記録映画を製作しろって意味？」

「何かあったとき、『わたしは雇われただけ。くわしいことはわからない』って言い訳ができるでしょう？」

「でも、一つの殺人事件を撮るわけよね」

――一人の男を殺すまでを記録してほしい。

里見知子は、有記にそう依頼してきたのである。

「だから、共犯と思われたら困るんじゃないか、と言ってるの。梨香ちゃんのためにもそのほうがいいでしょう？」

　梨香の名前を出されると、途端に有記の心は揺らいでしまう。

「本当に……人を殺すつもりでいるの？」

　この女は本気なのか。有記は、里見知子の覚悟のほどを知りたくてそう問うた。

「兄の人生を十五年でストップさせた男」を殺す、と彼女は言ったが、まだ殺してはいないのだ。犯罪には至っていない状況である。

「殺意を抱いただけなら問題にならないかもしれない。そんな人間は、この世にごまんといるでしょうから。だけど、計画を実行に移すとなったら、計画を具体化させた時点で罪になるのよ。里見さんだって聞いたことがあるでしょう？」

　有記は、返事をしない里見知子に、彼女を翻意《ほんい》させるべくたたみかけた。彼女と同世代の女性として、一人の母親として、彼女の将来を考え、殺人を未然に防ぐ義務はある。「一人の青年が中学校の同窓会の会場に爆弾を持ち込もうとした。中学時代にいじめに遭っていたので、その報復のためにね。その計画に気づいた家族が警察に通報したのよ。ほかにも、似たようなケースはいくつかあった。だから、里見さんもいまならまだ引き返せる」

「わたしは、すでに犯罪者よ」

里見知子が鋭い視線をよこしたとき、有記の背筋を悪寒が走った。そうだった、彼女は誘拐罪、いや、誘拐未遂罪かもしれないが、すでに犯罪に手を染めているのだ。それだけの覚悟をしているのだ、と悟って、有記は改めて恐ろしくなった。いまの彼女に怖いものなどないのだろう。それに、有記は、里見知子という人間についてはまだよく知らないのである。背後に、記録映画を作るための資金調達をするような人物がいるかもしれない。有記が彼女の依頼を拒んだ場合、彼女の協力者が現われる可能性はある。彼女がその協力者に梨香に触手を伸ばすように指示したらどうなるか。

——梨香の身に何かあったら……。

選ぶ道は、やはり一つしかない、と有記は心の中で大きくうなずく。

「映画はどんなにリアルに撮っても、戦争映画であろうとホラー映画であろうと、所詮は絵空事、作り物にすぎない。有記さんもこれをドキュメンタリー映画だとは思わず、フィクションのつもりで気軽に製作したらどうかしら」

「そんな……」

人を殺す、と彼女が言っているのだから、いまさらフィクションとしての映画を撮るような軽い気持ちでは臨《のぞ》めない。しかし、このとき、同時に、まったく予期しなかった感情が腹の底からこみあげてきて、有記は当惑していた。

――撮ってみたい。記録してみたい。

憧憬《しょうけい》と野心が絡《から》み合った狂おしいような感情だった。つねに監督やカメラマンや照明などのスタッフに囲まれて仕事をしているから、カメラの位置やレンズの角度、光の当たり具合など、撮影するための最低限の知識は備わっている。スクリプターとしてではなく、撮影者として作品全体にかかわりたい。映像で表現してみたい。自分の好きなように撮りたい。そういう熱い欲求だった。

――こんな題材は、探しても見つかるものではない。

映画人としての、記録者としての性《さが》のようなものかもしれない。まだ殺人には至っていないのだ。里見知子が本気で殺人を計画しているかどうかもわからない。ならば、その準備段階をフィクションと思い込んで撮ってもいいのではないか。一人の女が復讐殺人を計画する過程を丹念に撮影し、記録に残す。あくまでも作り物の映画として。その後、彼女が実行に移しそうになった段階で、ストップをかけても遅くはない。

――殺意を抱いた女を間近で撮る。演技ではない、真摯《しんし》な表情が撮れるはずだ。

その魅力というか、魔力に、有記は取りつかれつつあるのかもしれない。

「どんな事件だったのかは追及しない。でも、どうして殺したいのか、動機は聞かせて。お兄さんの復讐のため?」

「記録するため」

間髪入れずに、里見知子は答えた。

「記録?」

「兄を殺した男の名前を新聞に、雑誌に、テレビに、ネットに、あらゆるメディアに残したいから」

では、過去の事件では、加害者の名前は記録に残らなかったということか。

「もしかして、お兄さんは少年に殺されたの?」

未成年が加害者だった場合は、マスコミに名前が公表されない。

「それ以上は知らないほうがいいんじゃない?」

里見知子はかぶりを振ると、有記の心中を正確に読み取ったわけではないだろうが、「どう? やる気になってくれた?」と、余裕のある笑みを浮かべて聞いた。

「引き受けざるを得ないようね」

と、有記は返した。映画人としての、記録係としての性が頭をもたげた、と言えるはずがない。

「仕事内容だけど、有記さんを拘束するのは、一日三時間まで。高齢のおばあさまと同居されていることだしね。時給二千円。交通費は別途支給。指定した場所でのビデオ撮影と編集作業。仕事に必要な機材を渡しておくわ。追って連絡する。携帯電話の番号、教えて」

2

里見知子の家で古い八ミリフィルムを見せられた翌日、有記はドラマの撮影の仕事で知り合った弁護士宅を訪れた。刑事ドラマの製作過程で、警察組織や犯罪にくわしい元刑事や法律にくわしい弁護士などに専門的な話を聞く必要が生じることがある。その場合、製作にかかわったスタッフの一人としてクレジットされているが、弁護士の岩槻《いわつき》もそうした専属スタッフの一人だった。都内の雑居ビルの一室に事務所を構える弁護士が多い中で、大田《おおた》区久《く》が原《はら》の閑静な住宅街にある自宅の一部を事務所にしている。自宅と事務所は入り口が別で、外からは二世帯住宅のようにも見える。

「次のドラマは、少年犯罪がテーマなんだね」

ファイルを持ってデスクからソファに移ると、座って待っていた有記に岩槻は聞いた。小太りで汗っかきの彼は、自宅にいても額《ひたい》に汗をにじませている。

「まだ先の話ですけど、取材だけはしておきたくて」

曖昧に言う。監督と二人で、あるいはプロデューサーを交えて三人で、岩槻の事務所に法律関係の話を聞くために来たことは何度もある。素人《しろうと》にもわかりやすい言葉で法律を解説する弁護士として、一時期、テレビの法律相談番組に引っ張りだこだった岩槻だが、病気をしたのがきっかけでメディアに顔を出すのはすっぱりとやめた。その病気が精神的なものだったとのちに知って、彼の見かけによらぬ繊細さに驚いた有記である。

「で、過去にさかのぼって、加害者も被害者も未成年の殺人事件を調べているとか？」

岩槻は、手元のファイルを自分にだけ見えるように開いた。

「両者が未成年の場合は、当然、被害者だけがマスコミに実名で発表されて、加害者の名前は発表されませんよね。でも、被害者の家族や周辺の人間は加害者が誰かわかります。いまのようなネット社会では、いくら加害少年の将来を考慮して名前を控えようとしても、写真を含め、ツイッターなどで簡単に広まってしまうのではないでしょうか」

と、有記は切り出した。岩槻に取材の申し込みをしたとき、「加害者と被害者、両者が未成年の殺人事件を中心に取り上げたいので」と説明している。里見知子が与えたわずかな情報から、兄の里見亮一が殺害されたのが二十数年前と割り出し、インターネットで事件について調べてみたが、「少年犯罪」や「里見亮一」や「十五歳」などというキイワードを打ち込んで検索しても、それらしき殺人事件はヒットしなかった。ネットや図書館で調べるより専門家に聞いたほうが早い。専門家だからこそ持っている貴重な情報も得られるかもしれない。それで、有記はすぐに行動を起こしたのだった。しかし、ストレートに里見亮一の名前を出すわけにはいかない。

「今回、テーマに取り上げたいのは、被害者の家族の苦悩です。加害者の少年はいずれ大人になる。想像以上の短い期間で罪を償い、社会に出てくる。加害者が未成年の場合はメディアに名前が発表されないから、世間は成長した少年の過去を知らずに接触することになる。加害者も被害者も少年というケースでは、友達同士だったりして、互いの家族も顔見知りのケースが多い。加害者が罪を償って社会に出てきたとき、被害者の家族が加害者と接触する機会もあり得る。そうしたとき、被害者の家族はどうするか。罪を償ったからといって、加害者を許せるのか。殺人という重い罪を犯しても、将来がある身だから、と少年法で手厚く保護された加害者を、大切な人間の将来を奪われた家族がどう思うか。たとえば、大人になった加害者が楽しそうに笑っている姿を見たりしたら……」

有記はそこで、法律の専門家である岩槻に状況をイメージさせるだけの充分な時間を与えた。

「なるほど、被害者の家族の視点で描いたドラマねえ」

と、腕組みをした岩槻は低くうなってから、こう続けた。「どの時点で罪を償い終えた、と判断するのか、それはむずかしい問題だね。少年が加害者の場合は、両親や親族などが土地を売って、被害者の家族に損害賠償金を支払い、民事的な責任を取るケースもある。加害者の家族からすれば、精いっぱいの誠意を示したつもりだけど、被害者の家族にしてみれば、それですべて償い終えた、と思われてはたまらない。賠償金を支払ってもらっても、心理的にはずっと許せずにいる、それが本音だろうね」

「加害者も被害者も中高生という事件は多いんでしょうか」

「被害者の家族に接触したのかな。あるいは、あちらから話が持ち込まれたとか」

岩槻はひとりごとのように言って、「いや、深くは詮索しないよ」と、それ以上踏み込まないと示すようにてのひらを立てた。

「ありがとうございます」

有記は、岩槻の深い配慮に礼を言った。岩槻がテレビ出演を辞めたのは、番組内である事件を例に出したことで被害者の遺族から猛烈な抗議を受けたからだ、とプロデューサーの並木から聞いている。守秘義務違反に当たる行為をしたわけではないが、それ以来、岩槻は、依頼人のプライバシーを第一に考え、自宅以外の場での打ち合わせすら控えているという。弁護士である以上、守秘義務に忠実なのは当然かもしれないが、岩槻の口の堅さも厚い信頼につながっている。

「これが、過去三十年の少年による殺人事件のリストだよ」

岩槻は、ファイルからリストを取り出して机に置いた。

重苦しさを感じながら、有記はコピーされた紙をめくる。思った以上の件数に指が震える。が、目当ての事件は一件きりだ。被害者は十五歳。名前は里見亮一。リストを目で追い始めて、すぐにその事件に目がとまった。新聞記事からの抜粋で、被害者名が書かれている。二十三年前、神奈川県内で起きた傷害致死事件。中学三年生の里見亮一が同学年の少年に、学校近くの公園で野球のバットで撲殺《ぼくさつ》された事件だ。当時、いずれも年齢は十五歳。

「命を奪ったのも少年なら、奪われたのも少年。そういうケースでは、遺族は、愛《いと》しい人の輝かしい未来が奪われたと考える。だから、加害者がその未来を謳歌《おうか》している姿を目撃したりすると、心理的な動揺は激しくなる。加害者が社会的に成功している姿などを見るとなおさらね」

里見亮一が被害者の事件の記述から目を離せないでいる有記に、岩槻は淡々と言い募る。「少年時代に重い罪を犯したが、その後更正して、わたしたちのような職業に就いた者もいる。研究職に就いている者もいれば、成績優秀な営業マンとして活躍している人間もいる。マスコミは彼らの過去を暴いたりはしないけれど、何かの拍子に過去の犯罪歴を知った人間が、軽い調子でネットに書き込んだりすることはあるね。嫉妬《しっと》に駆られてなのか、正義感に駆られてなのか、そういうページを匿名《とくめい》で作っている人間もいるよ。少年犯罪データベースのようなページをね」

有記は、ハッとしてリストから顔を上げた。その瞬間、里見知子の心理に寄り添えた気がしたからだ。事件から二十年以上もたってから、彼女は兄の復讐をしたいと思い立ったのである。そこには何かきっかけがあったはずだ。たとえば、兄を殺した元少年が、現在は模範的な社会人としていちおうの成功を収めている姿などを目撃したら、彼女の心は激しくかき乱されるのではないだろうか。

「少年の場合、たとえ、重い罪を犯したとしても、その後、自分の夢を叶えるための道は開かれているのでしょうか」

里見知子の兄の夢が何だったのかはわからないが、将来の夢は奪われてしまったのである。それなのに、加害者のほうは夢を諦《あきら》めずに済むなんて、何だか納得できない、と有記は理不尽な思いに駆られた。

「少年といっても、十四歳未満とそれ以上では処分に差はある。二〇〇〇年の少年法の改正で、刑事処分が可能な年齢が十六歳から十四歳に引き下げられたんだ。社会に影響を及ぼすような凶悪犯罪が続いたからでもあるけどね。しかし、基本的には、将来のある身だから、罪を償わせ、更正させ、そして、社会復帰させる。それが、少年法の理念なのは昔もいまも変わらない」

岩槻は、穏やかな口調で言葉を継いだ。「加害者の少年にも将来を懸念する両親や親族がいるんだ。事件後、両親が離婚して、少年の姓を母親の旧姓に変えたり、親族が自分の養子にしたり、あるいは、事件に理解を示した人間が養子に迎える場合もある。事件時と姓が違えば、過去にさかのぼって調べるのもむずかしくなる。それだけ、社会にとけこみやすくなるからね」

「中高生が罪を犯した場合、少年院や児童自立支援施設を出たあとの勉学はどうなるんでしょうか」

「罪の大きさにもよるが、勉強の機会は等しく与えられているよ。内申書の問題があるから、希望の高校には推薦がもらえなかったりはするだろうけど、高認に合格すれば、希望の大学を受験することもできる。昔の大検だけどね。実際、そういう道を進んだ子は何人もいる」

「岩槻先生のような職業に就いた者もいるそうですが、過去に人を殺した人間でも弁護士になれるんですか？」

「そういう道は開かれている。少年にとっての長い人生、やり直しはきく、ということだね」

岩槻は、同業者に言及するのに慎重になったのか、「ただ」と、険しい目をした。

「専門職への道は開かれてはいるものの、採用段階で問題が生じる場合もある。どこの企業でも身上調査はするからね。もっとも、プライバシー保護の関係で、その身上調査にも限界がある」

「少年の人生はやり直せる、ですか」

有記はそう受けながら、里見知子の心の内を慮《おもんぱか》って、ふたたび理不尽な思いに胸が満たされた。彼女の兄、里見亮一の人生は十五歳で断ち切られ、二度とやり直すことはできない。

「ありがとうございました」

里見知子が置かれた背景を推察するための手がかりは得られた。礼を言って、腰を上げたとき、有記のバッグの中で携帯電話が鳴った。自宅の葵からか、と身構えて、携帯電話をチェックする。家の中で転倒して身動きできなくなった場合などを想定して、「何かあったら、電話して」と言ってある。利き腕しか使えない状態だと身体のバランスを崩しやすくなるからだ。

しかし、表示された番号は未登録のものだった。即座に、里見知子の顔が脳裏に浮かぶ。仕事の依頼かもしれない。

岩槻の家を出てから、最前の番号にリダイヤルしてみた。

「田所有記さん？」

だが、聞こえてきた女性の声は、守本美世子のものだった。

「美世子です。俊作さんからそちらの番号を教えてもらったんです」

「あ、ああ、そうですか」

驚いたあまり、間の抜けた声で返した。前妻と現在の妻。互いの携帯電話の番号を教え合ったりはしていない。緊急の連絡用に控えているのは、互いの自宅の電話番号のみだ。

「いま東京に出て来ているんですが、これからお会いできません？　近くまで行きますよ」

すぐにでも駆けつけて来たそうな口ぶりだ。

「いまですか?」

美世子が直接電話をしてきたのははじめてだ。梨香に関係した用事であるのは間違いないだろう。

「お仕事中でしたら、終わるまでお待ちします」

「いえ、今日はお休みで。では、日比谷のPホテルのティーラウンジで。二時半に」

込み入った話になる可能性は考えられる。ゆったりした空間で会ったほうがいいだろう。短い時間でそこまで計算して、有記は場所と時間を決めた。

3

Pホテルのティーラウンジには、美世子が先に着いていた。シートの深い奥まった席で、隣のテーブルまでは距離がある。

ここにして正解だった、と安堵しながら、「お久しぶりです」と形式だけの挨拶をして、有記は美世子の前に座った。このままハイキングに行けそうな軽装の有記とは対照的に、美世子は白いニットのアンサンブルに紺色のスカートという清楚なママさん風の組み合わせだ。

「お仕事でお忙しい中、お呼び立てしてすみません」

お休みだと言ったはずなのに、美世子は早口で言い、頭を軽く下げた。皮肉めいた響きを感じ取って、有記は緊張を覚えた。もの静かな語り口ではあるが、発音の明瞭さに芯の強さが感じられる。

「梨香はどうしていますか？」

最初に気になったのは、やはり梨香のことだった。都心から千葉までは距離がある。放課後の時間を一人で過ごさせるつもりなのか。

「あの子の世話は友達に頼んでありますから、大丈夫です」

と美世子は受けて、「ママ友に」と言い換えた。

「そうですか」

「やっぱり、心配ですか？　梨香のことが」

「それは、まあ」

当然じゃないですか、と言いたい気持ちを抑えた。

「また連れ去られたら困りますものね」

と、はっきりと皮肉をこめて美世子は言い返し、「でも、わたしが有記さんと一緒にいる限り、梨香は無事だと思いますけど」と、さらなる皮肉を言葉に盛り込んだ。

「それは、どういう意味でしょう」

少しひるんだが、簡単には引き下がれない。

「このあいだの事件、心当たりがあったそうですね。俊作さんに電話をしたとか」

美世子は、はっきりと「事件」と称した。

返す言葉を選んでいると、注文を取りに制服の女性が来た。有記は、「同じものを」と美世子の前に置かれた紅茶のセットを指さした。格式高いホテルらしく、ポットに入った形で紅茶が提供される。

「梨香を公園から連れ出した女性は、有記さんのお友達かしら」

さらに美世子に聞かれて、有記は言葉に詰まる。里見知子は、有記の友達ではない。

「梨香がいなくなって、わたしがどんなに心配したか、有記さんならわかりますよね」

黙っていると、美世子の語調がきつくなった。「しばらく梨香には会わないでいただきたいんです」

「えっ？」

と、有記は顔を上げた。彼女は、わたしに罰を与えるつもりなのか。

「六月十七日の撮影もやめていただきたいんです」

「どうしてですか？」

「あんな危険な目に遭わせておいて、梨香に会う権利はないはずです」

「そんなの、あんまりです」

有記は、思わず声を荒らげた。「梨香を産んだのは、このわたしです」

お腹を痛めたのはこのわたしだ、という言葉は、水戸黄門《みとこうもん》の印籠《いんろう》のようなものだった。今度は、美世子が言葉を詰まらせたらしい。顔を紅潮させて、梨香の産みの母親を見つめている。

「約束します。もう二度と、梨香を危険な目に遭わせたりはしません。手出しはさせません。だから、梨香の誕生日には去年までのように写真を一緒に撮らせてください」

里見知子の依頼を受けたのである。彼女の指示どおりの働きを示せば、梨香に危険が及ぶおそれはない。「梨香はどう言っているんですか？　わたしに会いたくないと言っているんですか？」

「それは……」

今度は、美世子がひるんだ様子を見せて、「会いたがってはいます。あの子は素直で無邪気で、母親が二人いるのを単純に喜んでいるような子です。その素直で無邪気すぎるところが怖い気もするくらい。だけど、あの子も日々成長していきます。むずかしい年頃になったとき、彼女がどう思うか……」と、混乱した気持ちを率直に表わした。

「梨香を想う気持ちは、美世子さんもわたしも同じはずです」

有記は、熱っぽく言った。「わたしより美世子さん、あなたのほうが母親として適任者だってことは認めます。つねに梨香のそばにいてあげられる。その点、わたしは母親失格でした。お義母《かあ》さんが手助けしてくれるのをこれ幸いと、撮影に入ったら家のことなど忘れてしまって……。わたしは、あなたを信頼しているんです。でも、あの子を産んだ人間として、絆は保っていたい。誕生日の定点撮影。どうか、その絆だけは断たないでいただきたいんです」

誕生日の定点撮影は、最後の砦《とりで》である。それだけは譲れない。それが崩れれば、自分と梨香の関係は断たれてしまう。そう有記は思い込んでいた。

「わかりました」

こわばった表情で言うと、美世子はすっくと席を立った。「約束してください。今後は、絶対に梨香に手を出さないと」

有記の紅茶が運ばれてきたのが合図になったように、美世子はテーブルに千円札を置いて立ち去った。

一人になって、有記は深いため息をついた。自分の不甲斐なさ、情けなさに、腹が立った。産みの母親なのに、「わが子に手を出すな」と、育ての母親にきつく言い渡されたのだから、屈辱的な構図と言える。しかし、有記の心の底には、〈それでも仕方ない〉という諦めの気持ちが沈殿している。

有記は、ひどく濃い色の紅茶を飲みながら、結婚生活が破綻へと向かいつつあった日々を思い起こした。

——君は、有責配偶者だからね。

梨香を置いて家を出ることになったとき、俊作に突きつけられたひとことがそれだった。別居を経ての離婚を考慮に入れて、法律用語を調べたのだろう。全面的に非は妻の側にあるのだから、親権を放棄するのは当然、と有記は突き放された形になった。妻は不安定な自由業。しかし、夫は堅実な会社員。母親のかわりをする女性はすでにいて、夫の側は養育環境が完璧に整っている。「裁判所がどう判断するか、火を見るより明らかだよ」と、俊作は有記が法的な行動を起こすのを封じた。

「わたしは、あなたが疑うようなことは断じてしていない。それは誤解よ」

声を大にして何度も訴えたが、俊作には信じてもらえなかった。が、誤解されるようなことをしたのは事実である。潔癖な性格の俊作には受け入れがたい出来事だったのだろう。俊作の猜疑心《さいぎしん》は膨らむ一方で、梨香に悪い影響を与えるのを危惧《きぐ》して、有記は冷却期間を設けるために家を出たのだった。

――夫以外の男性と旅行し、一夜を共にした女。

俊作や美世子にそう見なされたままでいるのだろう、と有記は思っている。何とか誤解をとこうと奔走《ほんそう》したこともあったが、もがけばもがくほど泥沼にはまってしまった。有記の浮気相手とされた男性にも迷惑がかかる。あのとき、自分の言葉を信じてくれたのは、祖母の葵だけだった。有記は誤解されたままで、離婚に至った。

少し離れたテーブルでシャッター音がして、有記は回想から現実に引き戻された。

同世代か、少し下の世代と思われる女性二人組のテーブルで、向こう側の女性が運ばれてきたスイーツをデジカメで撮影している。大きな白い皿にこぎれいに盛りつけられたケーキとフルーツとハーブ。「どう？　きれいにアップできそう？」と撮影した画面を連れの女性に見せながら、楽しげに会話をしている。

――自分のブログにでも載せるのだろう。

食べ歩きがテーマのブログだろうか。有記は、彼女たちの関心のあるブログを想像した。有名レストランで出される料理や、自分が作った料理の写真をネット上で紹介したりするブログはたくさんある。今日どこで何を食べたか、味はどうだったか、写真を添えて日記形式で不特定多数に発信している人たちだ。匿名で発信する人もいれば、芸能人や文化人などの有名人が自分のライフスタイルをファンに披露《ひろう》するサービスのつもりで発信する場合もある。

パソコンの急速な普及とインターネット社会の拡大によって、誰もが自分の個人的な情報を気軽に発表できるようになった。日々の出来事を綴《つづ》るいわゆる日記形式のブログより簡単で情報伝達が迅速なツイッターや、友達の輪を広げる目的のフェイスブックなども登場し、ネット社会は肥大化する一方だ。

——毎日、膨大な量の生活の記録（ライフログ）が公《おおやけ》の場で書き綴られている。

有記は、改めてその光景に直面し、頭がくらくらするような感覚に襲われた。里見知子の言葉を頭の中で反芻《はんすう》する。

——兄を殺した男の名前を新聞に、雑誌に、テレビに、ネットに、あらゆるメディアに残したい。

彼女はそう言ったのだ。それは、すなわち、兄を殺した男の名前を記録に残したい、ということだ。未成年ゆえに記録されなかった加害者の名前を、彼が成人したいま、今度は犯罪の被害者として記録に残したい。里見知子のそうした考えに、有記は不思議な共感を覚えている。有記がスクリプター——記録係——という職業に就いているせいなのか。

——二十三年前に殺人事件は確かに起きたのに、加害者の名前が記録されなかったせいで、なかったことにされた。

里見知子の復讐心は、そこから発しているのではないか。有記は、「記録」という言葉を引き合いに出されたことで、よりいっそう彼女の気持ちに寄り添えた気がしていた。

4

「変わりなかった?」

途中のスーパーで買い物をして家に帰るなり、有記は留守番をしていた葵に声をかけた。

「仕事、終わったの?」

奥から葵が返事をした。元気そうな声に、有記はホッとする。軽食用に簡単に食べられるように、小さく切ったサンドイッチを用意して外出した。休暇には入ったが、撮り終えたドラマの仕上げのために呼び出されたのだ、と葵には伝えてあった。

「今日のところはね」

そう答えて、台所へ行く。「おばあちゃま、明日は病院へ行く日よね。朝一番で連れて行くからね」

「大丈夫、一人で行けるから」

葵は、居間のテーブルに夕刊を広げて読んでいたらしい。新聞に目を落としながら言った。

「怪我が治るまでは、一人での外出は禁止。また転んだら危ないでしょう?」

有記は、だめだからね、とぴしゃりと撥《は》ねのけた。

「怖い看護師さんだねえ」

葵は首を振りながら、「ちょっと寝ようかしら。何だか身体がだるくて」と腰を上げた。

「一緒に行こうか?」

孫娘が手を添えようとしたのを、「いいわ。こういうのもリハビリの一つだから」

と振り払って、葵は自分の部屋へゆっくりと向かった。ロング丈の巻きスカートの裾が揺れる。昔は、外出時にサングラスをかけたり、つばの広い帽子をかぶったりして、「ハイカラな洋装」と評された葵である。

その後ろ姿を見送り、有記は不安に駆られた。高齢者は何かの怪我をきっかけに急激に体力が衰《おとろ》え、筋力が弱まることが多いというが、そのとおりかもしれない、と祖母の丸まった背中や狭まった歩幅から感じ取ったのだ。体力の衰えに伴う記憶力の低下も起こりやすい。

――もし、おばあちゃまがわたしに隠し事があるのだったら、少しでも早く聞き出さないと。

気持ちはあせる。が、いまは、もう一つの関心事に心の大半を奪われている状態だ。

ふと、テーブルに広げられた夕刊のある記事に目がとまった。さっきまで葵が読んでいた紙面だ。「雪形《ゆきがた》」という文字が紙面から浮かび上がって見える。囲み記事の情報コーナーに、「雪形を撮り続ける写真家・新井《あらい》誠《まこと》」という見出しで、来週から始まる写真展の案内が載っている。

写真家の新井誠。彼こそ、俊作が妻の浮気相手と疑い、離婚に至るきっかけを作った人物だった。五年前、恋愛ドラマに写真家を登場させる流れになり、山を撮影する写真家という設定のモデルを探す必要性が生じた。有記は、雑誌で知った雪山を専門に撮影を続けていた新井誠に取材を申し込んだ。仕事上のつき合いが生じただけで、個人的な交際はなかった二人だったが……。

——わざと、この紙面を開いたままにしたのかしら。

有記は、葵の胸のうちを推《お》し量った。結婚生活を続けられなくなり、梨香を置いて実家に帰って来たとき、葵は孫娘の行動を責めなかった。そして、正式に離婚が成立すると、静かな口調でこう諭した。

「世の中には、夫婦になるべく運命づけられた男女の組み合わせってものがあるのよ。いわゆる、赤い糸で結ばれている二人。そういう相手にすぐに巡り合う場合もあれば、なかなか巡り合えない場合もある。不幸にして、この人かもしれない、と思って一緒になってから、本命に出会う場合もある。あなたの場合も、たまたま順序が違っただけ。悔しいかもしれないけど、俊作さんと美世子さんが運命の組み合わせだったのだ、と諦めなさい。だけど、離婚しても、子供はあなたが産んだ子。梨香には一生責任を持ちなさい」

——再婚したければ、いつでもしていいのよ。

有記は、葵がそうほのめかしたのだと感じたが、葵が認めてくれたとはいえ、新井誠と再婚するつもりはなかった。彼に惹かれ始めてはいたけれど、俊作と離婚した自分がすぐに新井誠と再婚しては、梨香との絆も断たれてしまう気がしたのだった。もっとも、新井誠に正式にプロポーズされたわけではない。互いに好感を抱き合ってはいても、それだけの関係だった。

——安曇野《あずみの》の里では、春から初夏にかけて、北アルプスの雪形を見ることができます。山腹の残雪が消えていくのに伴い、雪形はさまざまな形になって現われますが、昔の人たちは雪形の出現によって季節を感じたり、田植えなどの農作業の目安としたりしたものでした。今後も、全国の子供たちに自然の美しさを知らせる展覧会を続けていくつもりです。

新井誠らしい素朴で率直なコメントが載っている。顔写真は見憶えのあるものだった。何年か前の写真を使っているのかもしれない。四十歳を超えたはずだが、まだ三十代にしか見えない。彼は、都内に事務所を置いたまま、二年前から安曇野に居を移している。全国各地で子供を対象とした写真展を開いてきた彼だが、今回は、都内のデパートで写真展を開くという。

——行ってみようかしら。

彼に会いたい気持ちもあったが、純粋に写真展を鑑賞したい気持ちも強かった。自分が原因でわたしが離婚した、と彼は思っているだろう。時間を経たとはいえ、わたしとの再会が彼の重荷になってはいけない。有記は、自分の心にブレーキをかけていた。

傍らの携帯電話が鳴って、有記は夕刊から視線をはずした。公衆電話からかかっている。もしや、と警戒心を募らせて出ると、思ったとおり、里見知子からだった。

「速達で、そっちに送ったものがあるの。明日、届くと思うけど、よろしくね」

仕事の指示は、文書でするのか。一方的にあちらから連絡がくるのか。ちょっと違和感を覚えて、「わたしから連絡するときはどうすればいいの?」と、有記はうわずった声で急いで聞いた。最初に会ったときにもらった名刺には携帯電話の番号もEメールのアドレスも刷られていなかった。連絡先として刷られていたのは、里見知子が契約していた編集プロダクションの連絡先だったが、そことの契約はすでに切れているという。兄の復讐を決意して、仕事も整理したのだろう。

「有記さんは知らないほうがいいんじゃないかしら」

里見知子は、彼女の兄を殺した男が誰か、有記が尋ねたときに返した言葉をふたたび返してきた。

「だけど、何かあったら……」

「何もないように、慎重に、言われた仕事を遂行してちょうだいね」

里見知子は、不安を含んだ有記の言葉を遮《さえぎ》ると、じゃあ、また、と言って電話を切った。

# 第五章　ログ3

もう二十年以上前になるだろうか。中学校の同窓会の会場に爆弾と砒素《ひそ》入りビールを持ち込もうとした男がいた。彼は、自分をいじめていた同級生や黙認することによっていじめに加担した同級生に復讐するために、自ら同窓会を企画したのだった。

しかし、その同窓会の場に男は現われなかった。同窓会の数日前に、息子の異変に気づいたのは母親だった。男は、自分の部屋で爆弾を作り、砒素を用意して、殺人計画を練っていた。息子が書いた「殺人計画書」を発見し、驚愕した母親は警察に通報した。

男が逮捕されたのと、同窓会が開かれたのは同時だったのか。とにかく、同窓会は無事に開かれた。同級生の中には、幹事なのに来なかった男について、「急用でもできたのかな。同窓会を企画するなんて、よっぽど中学時代が思い出深かったんだね」と、しみじみと語った者もいたという。

いじめられたほうは忘れないが、いじめたほうは忘れる、とは本当にそのとおりだと思う。

――男が同窓会の会場に爆弾と砒素入りビールを持ち込んでいたら、どうなっていただろう。

わたしは、凄惨《せいさん》な会場を何度も想像したものだ。

計画どおりに同級生を殺せなかった男に、わたしは自分自身を重ねてみる。一人、部屋にこもって「殺人計画書」をしたためている男の姿が、いつのまにか自分に変わる。自分を見つめるもう一人の自分がいる。そのもう一人の自分はビデオカメラを持って、殺人計画を練っている自分を撮影している。パソコン画面を見つめる真剣なまなざし。ときどき緩む口元。キイボードを打つ音。荒い息遣い。それらの表情を映像におさめ、音声を拾い上げる。

自分で自分を撮影することはできない。ビデオカメラを固定して撮れないことはないが、すべての動きをさまざまな角度から撮るのは不可能だ。ビデオカメラを設置できない状況だってある。やはり、誰かの助けを借りなければいけない。

わたしの片腕となる人間、それが田所有記である。彼女に、わたしの「殺人計画書」を映像の形で記録してもらうのだ。

殺す相手は、決まっている。西村元樹。彼が独身なのはわかっている。彼に対して揺るぎない殺意を抱いているわたしだが、それでも、もし彼に家庭があったらと想像すると、殺意がほんの少し揺らいでしまう。なぜなら、彼を殺すことによって、わたしと同じ苦しみを彼の家族が味わう羽目になるからだ。「被害者遺族」と呼ばれる人間を、これ以上作りたくないという気持ちはある。

田所有記には、西村元樹の日常を記録してもらう。三日間撮影すれば、彼がどんな人間なのかどういうところに住み、どういう仕事をし、どういう余暇を過ごしているか。休日を入れて三日間。日常の断片ではあっても、三日間撮影すれば、彼がどんな人間なのか「視聴者」には伝わるだろう。しかし、ターゲットの西村元樹をクローズアップするだけでは芸がない。周辺の人間を取材することによって、西村元樹という男の輪郭を浮かび上がらせる手法こそ映像のプロのなせる業だろう。

だから、わたしは彼を選んだのだ。山根正芳《やまねまさよし》。西村元樹の中学時代の親友で、殺された兄の遊び仲間の一人でもあった男。クラスは違ったが、陸上部で西村元樹と一緒だった。公務員の彼には家庭があり、六歳と三歳の子供がいる。彼の家庭を壊すつもりは毛頭ない。けれども、わたしの「殺人計画書」を映像の形で残すためには、ぜひとも協力してもらわないといけない人間なのだ。わたしの記録映画の完成度をよりいっそう高めるためにも。

# 第六章　撮　影

## 1

細長い茎《くき》に紅色の花弁をたくさんつけたこの花は、何という名前なのだろう。グラジオラスに似た形だが、もっと繊細で和風の雰囲気の花だ。有記は、ビデオカメラのレンズを花に向けて、画面に映る花の大きさを右手で調整した。画像は鮮明で、紫がかった紅色を自然のままにとらえている。視野の隅に動くものを察知し、ハッとそちらへレンズを動かす。羽に模様のある黄色い小さな蝶々《ちょうちょう》が木立のあいだを飛んでいる。画面を見つめたまま、カメラを動かして蝶々を追った。

──勝手が違うわ。

蝶々が視野から消えると、有記はため息をついた。里見知子から仕事に必要な道具として渡されたビデオカメラだ。小型で軽く、それでいてプロ用ビデオカメラと同じ高画質センサーを売りにしている。テレビで盛んに宣伝している商品だが、子供を置いて離婚した有記には縁のない機材だった。ハンディタイプのビデオカメラは仕事で使ったことはある。が、家には置いていない。有記が個人的に取材用に使っているのは、小型の普通のデジカメだけだ。

「そんなので、怪我した年寄りを撮ってどこがおもしろいの？」

病院に連れて行く前に、試し撮りのために葵にビデオカメラを向けたら、呆《あき》れたような声で言われた。しかし、呆れられても、有記には動くもの、とくに人物の撮影に慣れておく必要があった。

昨日、速達で届いた里見知子からの手紙に、仕事内容が簡潔に書かれていたのだった。仕事という呼び方より、任務という呼び方のほうがふさわしいかもしれない。

任務は、二つあった。

その一つ目の任務が今日である。指定された日時に、指定された場所に行き、里見知子と彼女が会う相手を撮影する。相手に気づかれないように撮影すること、という注意書きがあったから、隠し撮りせよ、という指示なのだろう。

里見知子が会う相手に関しての情報は、一行も書かれていなかった。名前もなければ、年齢も性別さえもわからない。

杉並区《すぎなみ》梅里《うめさと》にある公園。住宅街にある公園としては、規模が大きいほうだろう。中心を遊歩道が貫いていて、遊具中心の幼児用の遊び場と花壇やベンチが置かれた憩《いこ》いの場とに分かれている。憩いの場は生い茂った木立に囲まれている。

その木立に身を隠すようにして、有記はビデオカメラを構えている。誰かが現われて不審人物を見るような目を向けてきたら、花壇のあいだを舞う小さな虫をレンズで追うふりをしてごまかそうと考えている。いや、里見知子自身がそういう状況を想定して、この場所を「撮影」に選んだのかもしれない。

――それにしても、誰が現われるのか。

心臓の鼓動が速まるのを感じながら、有記は周囲を観察していた。帽子をかぶり、背中にはリュックを背負い、手にしたビデオカメラとは別に、首には自分のデジカメをぶら下げている。格好だけ見れば、散策と自然観察が趣味の立派な「カメラ女子」である。怪しまれるおそれはないだろう、と改めて自分のスタイルを点検する。趣味で撮影した動植物をブログに載せている若い女性など珍しくない時代である。ライフログ真っ盛りの時代でよかった、と有記は奇妙な安心感を得ていた。

緩やかにカーブした遊歩道に沿ってこちら向きにいくつも置かれたベンチは、半分が埋まっている。一人で読書をしている初老の男性。おしゃべりに興じている女性二人。昼時を過ぎたというのに、菓子パンを食べているスーツ姿の若い女性。就活中の女子学生だろうか。

そのスーツ姿の若い女性が立ち去ると、それを待っていたようにどこからか男が現われて座った。

――彼が殺しのターゲット？

有記はビデオカメラをおろし、木立越しに男を見たが、いや、違う、とすぐさま打ち消した。あの男は違う。そちらは、二つ目の任務だ。

隣のベンチに視線を移そうとしたとき、里見知子がベンチに駆けて来た。遠くて顔の表情まではわからないが、背格好で彼女だとわかる。約束の三時を五分過ぎている。あわてて駆けつけたのか、肩を上下させている。彼女を見て、スーツ姿の男が立ち上がる。二人は何か言葉を交わしたあと、少し距離を空けてベンチに並んで座った。ここから二人のいるベンチまでは、三十メートルはあるだろうか。

――やっぱり、あの男が今日の撮影の対象？

有記は木立に身を隠し、葉をたっぷりつけた枝のあいだからビデオカメラを構えた。

## 2

「おふくろから聞いたんだって？　いきなりで驚いたよ」

「実家はそのままだったから、電話したらお母さんが出て」

「うちのおふくろ、おしゃべりだからな」

「知られたくなかったんですか？」

「いや、そういうわけじゃなくて」

「何だか迷惑そうですね」

「いや、迷惑なんて思ってないよ」

「だけど、わたしに会いたくなかったみたいだから」

「そんなことないよ」

「渡部元樹さん、いまどうしているか、知ってますか？」

「…………」

「いまは西村って姓になっています。母親の旧姓ですね。中学時代は、渡部元樹さん。『渡部』と呼んでいたのを忘れちゃったんですか？」

「いや、憶えてるけど」

そこで咳払《せきばら》いが入り、「どうして?」と山根の言葉が続く。

「山根さんと西村さんは、いまもおつき合いが続いているんですか?」

「まさか」

戸惑ったような山根の声のあとに、かすれたような笑い声が入った。ここまで、山根は、隣の里見知子と視線を合わせようとしない。

「どうして、まさか、なの?」

里見知子はきつい口調で問い返し、身体を乗り出した。その瞬間、画面にくっきりと彼女の顔の表情が写った。その目に怒りと苛立ちの色を浮かべている。

有記は息苦しさに耐えられず、いったん視聴をやめた。階下の様子を探るために、部屋の外に出る。物音はしない。介助をして風呂に入れたあと、葵は自分の部屋のベッドで眠りについたようだ。

机の前に戻り、視聴を再開する。遠くの被写体をアップでとらえられるという高性能のレンズと、最大五十メートル離れた被写体の音声をクリアに録音できるというワイヤレスマイクロホンのおかげで、ビデオカメラの映像は鮮明で、録音された音声もちゃんと聞き取れる。もっとも、音声のほうは録音漏れがあっても差し障《さわ》りはない。

里見知子から送られてきた手紙に「わたしもボイスレコーダーをバッグに隠しておきます」とあったからだ。

もう何度も繰り返し映像を見ているが、何度見ても重苦しい雰囲気が伝わってくる。

「だけど、中学時代、二人は仲がよかったんでしょう?」

「それは、まあ、ああいうことがあるまではね」

「ああいうことなんて、曖昧にしないで。兄が殺された事件、とはっきり言ってよ」

一度怒りを表出させた里見知子は、言葉遣いもため口で荒っぽくなった。

「あの事件はぼくだってすごくショックだったよ。まさか、あんなことになるなんて。ぼくを含めて、家が近い同級生でできたグループにすぎなかったんだ。里見と渡部と、あと何人か。あれからもう二十年以上もたっている。君はどういう目的でこんなふうに……」

山根の口調には戸惑いが含まれている。

「呼び出したか?」

里見知子は、山根が呑み込んだ言葉を引き取って、小さな笑い声を立てた。「わたし、ライターの仕事をしているのよ。フリーライターといえば聞こえがいいけど、要するに頼まれたら何でも書く便利屋。飛び込み取材をしたり、きつい締め切りの原稿もいっぱい書いたり。そんなこんなで、自分で言うのもなんだけど、すごく強くたくましい女になったと思ってる。兄の事件はずっと心に引っ掛かっていた。いつか真実を調べて書こうと思っていた。その時期がようやくきたのよ」

「じゃあ、ぼくが言ったこともどこかに書くつもりなのかな」

山根の声に怯《おび》えが混じる。「さっき君は、真実、と言ったね。真実じゃないことって何かな」

「兄が西村元樹さんをいじめていた、というのはうそよね」

山根は、訝しげな目を質問者に向ける。

「いじめられていたのは兄のほう。ここで、はっきりとそう認めて」

「いきなり、そう言われても……」

山根は、困惑の表情を大きくして、「そんな昔のこと、ぼくだってよく憶えていないよ。あのとき、まわりの大人に聞かれてどう答えたか、そのあたりの記憶もぼんやりしている」

「山根さんも兄をいじめていたの?」

「違うよ」

よく憶えていない、記憶もぼんやりしている、と言いながら、彼はそこだけはきっぱりと否定形で答えた。

「いじめを傍観《ぼうかん》していたのね」

山根は大きく息を吐き出してから、「いま、ぼくがどんな仕事をしているか、君は知ってるよね」と話を変えた。「調べて知っているから、学校に電話してきたんだろうけど。そう、杉並区の小学校の先生だよ。いちおう教育者ってわけ。中学を卒業して、東京の高校を受験して、それから東京の大学に入って……。あの事件が心に暗い影を落としていたのかもしれない。地元から逃げ出したかった。だから、教職の試験も東京都を選んだわけで。教育現場は大変だよ。昔もいまも一緒で、学校でのいじめはなくならない。いじめをなくそう、とみんな簡単に言うけど、そんなに単純な問題じゃないんだよ。いじめの構造は非常につかみにくい。いじめている側が次の日にはいじめられる側になったり、それこそ午前中は単なるふざけっこに見えたのに、午後は深刻な暴力に発展したりとかね。大体、いじめは教師の目の届かないところで行なわれるものなんだ。教師やまわりの大人が目にしたものが一部にすぎない場合もある。だから、お兄さんの事件だってそうだよ」

「一方的に兄がいじめられていたんじゃない。兄もいじめる側になったことがある。

そういう意味？」

「どういう行為をいじめと定義するかで違うけど、男同士、単純に力比べをしていたつもりが、エスカレートして力を出しすぎて、ってケースもある」

「じゃあ、兄は、力比べの延長で殺されたってこと？　相手は野球のバットを用意して来たのよ」

「それは、君のお兄さんが公園に呼び出したからだろう。渡部は危険を察知したのかもしれない。で、自分の身を守るためにバットを持って行ったんだろう」

「兄が呼び出したのを誰か見ていたの？」

「いや」

「じゃあ、何で兄が呼び出した、とわかるの？」

「渡部がそう言ったから」

「渡部に『そう言え』って頼まれたんでしょう？」

里見知子も相手に合わせて、加害者を旧姓の呼び捨てにした。

「頼まれてなんかいないよ」

ひるんだ調子の声ではあったが、山根は否定した。

「死人に口なしで、兄はもう真実を語れないのよ。それをいいことに、渡部も彼の仲間も兄が不利になるような証言ばかりして」

悔しさがこみあげたのか、里見知子の声が震える。

「君がそう思いたい気持ちはわかるけど、渡部がお兄さんを呼び出した、とする証拠はないんだ。いまさらあの事件を蒸し返して、どうするつもりなの？」

小学校の教師らしい生徒をなだめるような口調になっている。「君はライターだから、記事を書くのは得意かもしれない。だけど、筆の勢いのままに書いたら、それこそあとで大変な事態になりかねないよ。書かれた内容によっては人権にかかわるし、名誉毀損《きそん》だと言って、訴訟問題に発展することもある。気をつけないと」

「先生らしいご忠告ですね」

と、里見知子は皮肉でやり返した。「自己保身とわたしへの脅迫《きようはく》ですか？」

「そんなつもりはないけどね」

授業の空き時間を選んで学校を抜け出て来たのか、山根が腕時計をちらりと見た。

「わかりました」

時間を気にし始めた山根に、里見知子がていねいな言葉遣いに戻して言った。「では、次の質問にだけ答えてください。あなたから見て、友達の西村元樹さん、旧姓渡部元樹さんはどういう性格の生徒でしたか？　小学校の教師になったいまのあなたから見て」

「それは……むずかしい質問だね」

「事件のあと、わたしの耳に聞こえてきた彼の評判は、ひとことで言えば『優等生』でした。陸上部の走り高跳びの選手だったし、成績は優秀、先生たちの評価も高かった。でも、結果的に、傷害致死とはいえ、彼は人を殺《あや》めたんです。彼の中に何かしら凶暴なものが潜《ひそ》んでいたと考えられます。彼には二面性があったと思いますか？」

「それは、まあ……」

と、山根は視線を上に向けて、昔を思い起こす表情を浮かべた。

「たとえば、どんなエピソードが思い浮かびますか？」

すかさず、インタビュアーの里見知子が促す。ライターの仕事をしていただけあって、突っ込み方は慣れている。

「あれはいつだったか、ちょっとびっくりしたことがあったんだけどね。いつものようにみんなでだべっていて、映画の話題になった途端、何だか里見の目が輝き出して。で、細かな部分は忘れちゃったけど、外国の映画監督の話になったとき、渡部がある映画の名前を出したんだよね。そしたら、里見が『それは違う』と、別の題名を言ったんだよ。間違いを指摘された形になった渡部は、『そんなの、どうでもいいだろう』と、顔を真っ赤にして怒り出して。そのとき、ああ、渡部にはこういうカッとなるところがあるな、と改めて気づいたんだよ。頭に血が上りやすいというか。そう思って彼の言動を観察していると、彼は勉強もよくできてスポーツも万能だから、いつも仲間うちでいちばんでいないと気がすまない性格だとわかったんだ。つねにみんなを一段上から見下ろしていて、プライドが高い。だから、いつも下だと思い込んでいた里見に間違いを指摘されて、あんなに熱くなったんだろうね。そういうところが彼の弱点であり、友達としてつき合いにくい点だと、大人になったいまなら冷静に分析できるかな」

教師だけに理路整然と話をするのに慣れているのだろう。よどみなく話してから、山根は胸をつかれたように「いまのぼくの話、どこかに書くの？」と聞いた。

「いえ、書きません」

と、里見知子は断定的に答えている。

「じゃあ、何でぼくの話を聞きに来たの？」

「自分で納得したかっただけです」

そう答えて、里見知子は立ち上がる。

うそは言っていない、と画像を見ながら有記はうなずく。彼女は「書く」つもりはないのだから。彼女の目的は、映像に「記録」することだ。

「ありがとうございました。お話を聞かせてくださって、感謝しています。おかげで、心の整理がつきました」

立ち上がった山根に頭を下げると、里見知子はさっさとその場を立ち去った。ビデオカメラは、困惑したように立ち尽くす山根の姿をとらえている。撮影していた有記自身も困惑していた。

――わたしが先にその場からいなくなっても、相手の姿を撮ること。相手が公園から消えるまで。

手紙の指示にはそうあったから、忠実に任務を遂行したのである。したがって、気がついたら、里見知子の姿を見失っていた。しばらく待ってみたが、彼女は公園には戻って来なかった。それで、山根が立ち去ったあと、有記はビデオカメラを持って、自宅に帰ったのだった。「撮影中も撮影後もわたしには接触するな」というはっきりした指示はなかったが、里見知子は最初からカメラを意識せずに山根と対面したかったのだろう。

――里見亮一の中学校時代の遊び仲間の一人を取材した。

撮影した映像を繰り返し見て、有記はそう結論を出した。里見知子は、有記が撮影したこの映像を「記録映画」に使うつもりでいるのだ。

「小学校の先生になっているのね」

有記は、画面にアップになった山根の顔を見てつぶやいた。もみあげをすっきりさせた清潔感あふれる髪型。水色のワイシャツに紺色のネクタイ。ネクタイと同色のズボン。学校の先生らしい清潔で若々しい服装だ。普通の記録映画であれば、プライバシー保護のためにインタビューを受けている人間の顔は出せない。だが、今回は違う。里見知子は、山根の顔をそのまま映し出すつもりでいる。

――この映像が公開されたら、どんな反響があるだろうか。

有記は、不安や戸惑いを抱えながらも、スリリングな感覚を味わっている自分に気づいて、スクリプターとしての業《ごう》の深さに我ながらゾッとした。

3

葵に見つかってはまずい。ビデオカメラをベッドの下に隠して、有記は階下に行った。夜の早い葵はとっくに寝ついているはずだ。だが、電気が消えているはずの居間が明るくなっている。葵がソファにもたれかかるようにして座っている。昔から寝巻きはネグリジェと決めているおしゃれな祖母に、怪我をしてからは前開きの寝巻きを着せている。

「どうしたの？　眠れない？」

「何だか、目が冴えちゃってね」

「手が痛むの？」

両手が使えないと肩が凝るという。医者には、リハビリを始めたときがいちばん痛いから覚悟しておいたほうがいい、と言われている。「肩を揉もうか？」と、後ろに立った有記に、「いいから、そこに座りなさい」と、葵は右手でソファを示した。

「何？」と、有記は緊張ぎみに葵に対座した。

「調べているんでしょう？」

突然、真顔でそう切り出されて、有記はうろたえた。留守中、二階の部屋に隠しておいた里見知子からの手紙を読まれたのか。

「わたしが気づかなかったと思ってるの？」

有記の秘密の行動を非難するように、葵はゆっくりと頭を振った。「こそこそ動き回っているんだもの、誰でも勘づくわよ。送り主の名前のない手紙もきたし」

里見知子は、どこかの設計会社の封筒を使って指示書を送ってきた。

「黙っていたのは……」

どう言い訳すればいいの？　おばあちゃまはどこまで気づいているの？　有記は、選ぶ言葉に迷っていた。

「父親捜しのために動き回っていたんでしょう？」

しかし、予想外の言葉を続けられて、有記は拍子抜けした。と同時にホッとした。

葵は勘違いしていたのだ。

「探偵事務所みたいなところに調査を依頼したの？」

「あ、ううん、違うの。あれは……」

下手に説明を加えないほうがいい。勘違いさせたままでいたほうがいい。

「あなたの父親のことだけど」

葵は言葉を切り、ため息をついてから続けた。「わたしが入院していたときも、有記は家探《やさが》ししたでしょう？　ものの位置が変わっていたからわかったわ。気にはなっていたのよ。いつか話さなくちゃいけないとね」

ついに話す気になってくれたのか。武者震いが起こる。有記は、全神経を耳に集中させた。

「最初に断っておくけど、あなたの父親が誰なのか、わたしも知らないのよ。つまり、藍子から聞かされてはいなかったの」

肩に入っていた力が一気に抜けた。期待が大きすぎた分、落胆も大きい。

「本当に知らないの?」

「わたしも八十七歳。こんな年齢でうそは言わないわ」

葵は、弱々しく首を振り、「だから、知っていることだけ話しておこうと思ってね。いつどうなるかわからない年になったことだし」と、有記が抱いていた危惧を口にした。

「知っていることだけでいいから話して」

「あなたの名前のことだけど、有記はどう聞いている?」

「『有記』と命名したのは、亡くなったおじいちゃまだって」

男の子でも女の子でも、孫が生まれたら、名前の一字に「記録」の「記」の字を入れる。あらかじめそう決めていて、娘が産んだ女の子に「有記」とつけたのだ、と有記は聞いていた。

「変だと思わなかった? 藍子は、美大を卒業してから、わたしたち親の言うことも聞かず、宗教画を学びたいから、と外国へ飛び出して行った子よ。で、帰国したと思ったら、『お腹に子供がいるの。一人で産むから』なんて言い出した。こっちは驚愕《きょうがく》したわよ。娘を心配する親として、反対するのは当然でしょう？　勝手なことをするならもう家には入れない、とおじいちゃまは激怒したわ。でも、あの子は産むと言い張った。それで、翻訳やガイドの仕事をしながら、一人であなたを産んだ。わたしは母親として、いつあの子が助けを求めて来るか、ひそかに待っていたのよ。だけど、藍子はついぞ泣きついて来なかった。独立心や行動力が旺盛《おうせい》で、強情でがんばり屋で、負けん気が強くて……。それはそっくりそのまま、有記に受け継がれているのかもしれないわね。……ああ、話がそれたけど、わたしが言いたいのは、そんな状況であなたを産んだ藍子がわが子の名前を自分でつけないはずがないってこと。だから、おじいちゃまが命名したというのはうそなの。それはあとで作った話で、実際は藍子が『有記』と名づけたのよ」

「お母さんが？」

　有記は、息を呑んだ。いまのいままで祖父が命名したのだと思っていた。なぜなら、女性スクリプターの先駆者である愛妻にちなんで、「記録」から一字をもらってつけた、とすんなり解釈できたからだった。

「藍子は、好きな人の想いをこめてあなたの名前をつけた気がするの。『子供の名前は「有記」にしたから』と、藍子に事後報告されて、『どうしてその名前に？』と聞いたら、答えるまでに少し間があったの。わたし、そのとき、ぴんときたの。『有記』と命名したのは子供の父親かもしれない、ってね」

「それじゃ……」

父親を捜す手がかりは、「有記」という名前だけなのか。あまりに頼りない手がかりである。大海で木の葉一枚を探すようなものか。「わたしの父親について、なぜもっとお母さんを追及してくれなかったの?」

「もちろん、何度も踏み込んで聞いたわよ。有記の将来が心配だったから。『このままでいいのか?』って、藍子に詰め寄ったのよ。そしたら、藍子は、『わかってる。あの子の将来だってちゃんと考えているから』って。有記が高校生になったら、父親のことも含めてちゃんと話す、と約束してくれたのよ。だけど、その前に……」

と、葵は目を伏せた。「年をとって涙腺が弱くなった」とこぼしている葵だが、いま涙をこぼしているのは年のせいではないかもしれない。

「ごめん。おばあちゃまを責めたりして」

葵の右隣に座って肩を抱きながら、有記は、大波に身体をさらわれそうになっていた怒濤《どとう》のあのころを心の中で振り返った。翻訳業やガイド業に携わりながらシングルマザーとして有記を育てていた藍子だが、有記が小学校に上がるころにさすがに限界を感じたのだろう。自分が病気をしたとき、はじめて実家を頼った。最初は、結婚や出産に猛反対していた燐太郎に隠れて、母親の葵が有記を預かったり、人を雇って有記の面倒を見ていたりしていた。しかし、有記が三年生になって燐太郎が病気で倒れると、藍子は都内のアパートを引き払い、母子ともども実家に住むようになった。燐太郎が亡くなってからは、女三代で渋谷《しぶや》区内の家で生活していた。

実家で生活するようになって、仕事の幅が広がった藍子は、以前ローマに住んでいたころに受けていた旅行会社のインバウンド業務も始めた。事故に遭ったのは、その仕事の最中だった。観光客を迎えにローマからナポリに向かう途中、乗っていたタクシーがガードレールに激突し、藍子は亡くなったのだった。

「藍子が亡くなったあと、あの子の持ち物をいろいろ探したのよ。仕事で関係のあった人たちに話も聞いたわ。だけど、あなたの父親に関する話は誰からも聞けなかった。手紙の類《たぐい》なんかも見つからなかった。ここに引っ越す前に、藍子が処分したのかもしれない。本当に、手がかりなんて何もなかった。こんなに秘密主義で口の堅い子だったのか、と感心させられたほどにね」

涙ぐみながらも、葵は独立心が旺盛だった娘を偲《しの》んで微笑んだ。

「名前以外の手がかりは……」

ふと、まぶたの裏に張りついているあの場面を思い浮かべた。三、四歳のころだったか、襖に大きな墨絵が描かれた和室で、大人の男の人の腕に抱かれた淡い記憶。そこに連れて行ったのは、確かに母親の藍子だった。しかし、いまここで、その淡い記憶を葵に話すことにはためらいを感じた。

――相手の男性に迷惑がかかってはいけない。

死んだ藍子のそうした強い想念が伝わってきたからだった。自分の母親である葵にさえ打ち明けなかった子供の父親の名前。話せなかった理由があったはずだ、と有記には思われてならないのだ。

「名前のほかに、何か手がかりが得られたの？」

言いかけてやめた有記に、葵が眉《まゆ》をひそめて聞いた。

「ううん、何も」

探偵事務所に頼んで父親捜しを始めた、と思い込んでいる祖母に有記は言った。

「写真一枚でも残っていればよかったのに」

写真は、うそ偽りのない完璧な「記録」だ。父親と撮った写真を残してくれなかった母親を恨む気持ちはある。

「梨香には、寂しい思いをさせないでね」

写真という言葉から連想したのか、葵が強い口調で言った。梨香の誕生日の定点撮影のことは、葵も知っている。

「わかってる」

答えながら、有記の脳裏に美世子の顔が浮かんでいた。

4

カシャ、カシャ、と軽快なシャッター音が続く。その聞き慣れた音が急に耳障りなものに聞こえて、美世子はハッとした。カメラ機能に切り替えた携帯電話から目を離し、改めて周囲を観察する。美世子と同世代か、少し下、あるいは少し上の世代の女性たちが、申し合わせたように携帯電話をピアノの横に並んだ子供たちに向けている。ビデオカメラの画像を夢中でのぞきこんでいる若い母親もいる。

音楽室には、梨香を含めた三年三組の児童たちが勢揃いしている。「今日の授業参観は音楽だからね。絶対来てよ」と、けさ、学校に送り出す前に、梨香に何度も念を押された。

——何時間もかけて練習した歌を保護者の前で披露します。子供たちの練習の成果を聴きにいらしてください。秋には、校内合唱コンクールも開かれます。

梨香が学校からもらって来たプリントには、そう書かれてあった。

——梨香が一生懸命歌っている姿を撮影しておこう。

運動会、音楽会、校内バザー、と学校で行事が催されるたびに、当然のように美世子は梨香の姿を写真におさめてきた。だが、今日、聞き慣れたシャッター音が神経に障って、一瞬、我に返ったのだった。

——なぜ、こんなふうに、いつもいつも、わたしが梨香の写真を撮らないといけないの?

もう一人の母親、ユーマこと田所有記に送るためか。いや、そんな義務など本当はないのだ。梨香の写真を送ってほしい、と頼まれたのは、彼女の別れた夫の守本俊作であって、わたしではない。わたしは、ただ、好意でしているにすぎない。年に何枚写真を送る、と取り決めたわけでもない。行事のたびに梨香を撮影する必要などないのだ。

梨香は最前列で口を大きく開け、頰《ほお》を紅潮させて、女の先生の弾くピアノに合わせて歌っている。家で何度も練習したから、美世子もフレーズはそらんじている。人気アイドルグループが歌って大ヒットした『春色だより』という歌である。いまの小学校の音楽の教科書には、童謡や唱歌だけでなく、若者たちがCDで聴くような現代の歌謡曲も載っているのだ。

美世子は、携帯電話をバッグにしまい、子供たちの歌声に真剣に耳を傾けた。

——カメラなんていらない。梨香の歌う姿は、わたしの目にしっかりと焼きつけておけばいい。

それだけは、どうもがいても、有記にはできない芸当である。「梨香を産んだのは、このわたしです」と突きつけられて返す言葉を失い、悔しい思いをした美世子は、自分の特権に気づいて、ようやく溜飲《りゅういん》を下げたのだった。

時間に余裕のある保護者は、「帰りの会」まで参観したあと、わが子と一緒に下校する習慣になっている。

「梨香たちの歌、どうだった？」

「すごく上手だったよ」

「あかりちゃん、歌詞を間違えてがっかりしてたけど、ミーマ、気づいた？」

「ううん、わからなかった」

「じゃあ、よかった。わたしは隣だったから気づいたけどね」

「大丈夫よ。あかりちゃんのママも気づかなかったと思うよ」

「写真、撮った？」

「あ……梨香の口元を見ていたら、夢中になっちゃって、撮るのを忘れちゃった」

「えっ、ずっと梨香の口を見ていたの？」

「うん、大きな口だなあ、と思ってね」

「やだあ」

と、つないでいた手に梨香が力をこめる。

そんな他愛もない会話を交わしながら、こういう時間も有記は持てないのだ、と美世子は改めて思い、ますます自分に与えられた特権を意識した。梨香は自分が産んだ子ではない。それだけに、特別に大切にしなければいけない。この子は、わたしと俊作さんをつなぐ絆でもあるのだから。美世子も梨香の手をぎゅっと握り返した。

――何があっても、この子を守らなくてはいけない。

血のつながりなど関係ない。いま現在、わたしはこの子の母親なのだから。梨香の手を引いて通学路を帰りながら、美世子は、自分の育った家庭にいまの家庭を重ね合わせてみた。

茨城の水戸《みと》市で生まれ育った美世子の家庭は、その辺によくある家庭だった。両親と祖父母と美世子と弟。実家は兼業農家で、父親は電気工事を請け負う会社に勤めていた。母親は専業主婦だったが、祖父母の世話に農作業、加えて育児だけで精いっぱいのようだった。美世子は、祖母に可愛がられて育った。「口数は少ないけど、心の中ではちゃんと物事を考えている」「あんたには忍耐力がある」「責任感が強くて、いい子だよ」と、長い髪の毛を櫛《くし》でとかしてもらいながら、褒められた記憶しかない。だが、その祖母が祖父に続いて亡くなったあと、途端に父親の態度が美世子に対してだけ厳しいものに変わった。祖母が歯止めになっていたのかもしれない。祖母が評価した美世子の長所は、父親の目には欠点に映っていたらしい。「おまえはおとなしそうに見えて、ひどく強情だな」と。

　地元の高校を卒業後、東京の大学を受けたい、と言ったら、「農作業の人手が減る」と父親に反対された。休日には、美世子が畑仕事を手伝っていた。それでも出してもらえたのは、同性として娘を応援する気持ちのあった母親の強いあと押しがあったからだった。大学を卒業したら地元に帰って来い、という父親の命令も無視して、美世子は勝手に都内の食品会社に就職を決めた。大学時代、秘書業務をまじめに学んでいたから、すんなり希望の会社に就職できたのだ。部長秘書として仕事をしていた美世子は、違う部署の守本俊作とたまたま同じ取引先へ向かう機会を得た。それまで意識などしていなかった先輩である。

あれは、山手線の車内だったか。乗ってすぐに、二人で並んで優先席でないシートに座った。東京駅で高齢の女性が乗って来た。すぐ隣には優先席があったが、一見して高齢者ではない者たちで占められていた。〈あの人たち、席を譲ればいいのに〉と、美世子は優先席の人たちへ冷たい視線を送ったが、そのとき、「どうぞ」と、即座に立ち上がって一般席を譲ったのが俊作だった。つられて、弾かれように席を立った美世子だったが、即行できなかった自分を恥ずかしく思うと同時に、俊作を見直したのだった。

それから、スケジュール管理のミスをして部長にひどく叱られたときも、「誰でもたまにはミスをするさ。尾関《おぜき》さんは、いつも細かなところまで目配りしている。そんなに落ち込むなよ」と、廊下ですれ違ったときに励ましてくれた。

——ちゃんと見ていてくれたんだ。

美世子は感激したが、入社したときから俊作が既婚者だということは知っていた。家庭のある人を好きになってはいけない、と強い自制心が働き、職場で尊敬できる先輩、という位置づけでしかなかった。だから、妻が家を出て、別居状態、と知ったときは動揺した。

——家庭が破綻《はたん》しているのであれば、わたしが入り込む余地はあるのかも。

そんな淡い希望を抱いてしまった。相手も自分に好意を抱いているのは感じていた。秘書という仕事は嫌いではない。もともと誰かの世話をするのは好きだったが、どうせ世話をするのであれば、全身全霊を注げる相手がいい。夫と子供。美世子の夢は、育った家庭とは違う、自分の理想の家庭を築くことだった。

「今度の日曜日、空いていないかな。出張が入っちゃったんだけど、娘の世話をしてくれる人がいない。夕方まで一緒にいてくれるだけでいい」

最初にそう頼まれたとき、二つ返事で引き受けたのは、単純に小さな子の世話をしてみたい、という気持ちからだった。が、梨香の相手をしてみて、意外にも相性がいいのに驚いた。

「ありがとう。梨香がとても喜んでいた。また、あのお姉ちゃんと遊びたい、と言っているよ」

後日、俊作から報告を受けて、美世子は舞い上がった。

俊作の娘が自分にすぐになついたことも嬉しかったが、俊作と価値観が似ていることにも美世子は執着していた。美世子は、モラル意識が低かったり、ルールを守らない人間が苦手なのだが、俊作も同様で、禁煙区域で歩き煙草《たばこ》をしている人間を躊躇《ちゅうちょ》せずに注意したりする。こういう人の傍らにいれば、子育てもしっかりできるだろう、と彼への尊敬の気持ちが強まった。この人を逃せば、もう一生、運命的な出会いはないだろう、とまで思い詰めた。だから、俊作に「梨香の母親になってほしい」とプロポーズされて、即座に受け入れたのだ。

「子供のいる人と交際しているんだけど、正式に離婚が決まったら、彼と結婚したい」

しかし、茨城の両親にそう打ち明けたら、父親はもとより、いままで控えめながらも生き方を応援してくれていた母親も猛反対した。

「何で、よりによってそんな男を選ぶんだ。まっさらな男を選べ」と、父親には声を荒らげられ、「なさぬ仲の子を育てるのは大変よ。どうせ、いずれは産みの母親のところへ戻ってしまうんだから」と、母親には泣かれた。「姉ちゃんを東京なんかに出すからだよ」と、弟には冷めた口調で言われた。そして、最後には、「やっぱり、おまえは強情な女だよ。澄ました顔をして、大それたことをしでかす。そういう女がいちばんたちが悪い」と、父親に大きなため息をつかれた。

進学、就職、結婚、とことごとく親に反抗してきたのである。勘当同然の娘が、いまさら、梨香のことで実家を頼れるわけがない。

梨香の手を握りながら、「マロニエ・レジデンス」のエントランスに入る。

「ああ、お帰りなさい」

集合ポストのほうから管理人の漆原が歩いて来た。管理人室の窓口には、「巡回中」と札が出ている。建物内の巡回から戻ったところなのだろう。

「このあいだはどうも」

美世子は、会釈《えしゃく》をした。先日の誘拐騒ぎの件だ。どう説明していいのかわからない。とりあえず、「今日は、授業参観だったんです」と言って、梨香にも挨拶を促した。

「こんにちは」と、梨香がはにかんで漆原に笑いかける。

「梨香ちゃん……だったかな。授業は何だったの？」

「音楽です」と答えたのは梨香だ。

「そう。お母さんと一緒でよかったね」

一緒にいれば、誰も本物の母娘と信じて疑わないようだ。

「わたしがする」

梨香が手を伸ばして、オートロックのドアを開錠するためのキーを催促した。エレベーターのボタンを押したり、部屋の鍵を開けたり、と最近は何でも自分でしたがるのだ。キーを梨香に渡したとき、「守本さん」と、管理人室から管理会社の吉沢が出て来た。奥の休憩室にいたらしい。現代風の髪型ですらりとした彼は、今日もパリッとした細身のスーツ姿で、安売りの紳士服のチラシのモデルといっても通用する。

「こんにちは。先日はどうも」

誘拐騒動の最中で、吉沢にもあわてぶりを見られてしまったのだ。ばつが悪い思いで、美世子は簡単に挨拶した。

「前回の議事録、もうじきみなさんにお配りします。ありがとうございました」

吉沢の用事は、理事会に関する件だった。

「あ、はい、こちらこそ」

はじめての理事職である。書記としてまとめた議事録に理事長の増岡が目を通したあと、吉沢が改めてチェックして清書し、管理人の漆原が回覧板の形で各戸に配布する。そういう流れを、美世子はようやく呑み込んだ。打ち合わせなどの業務のために、吉沢は月に数回は担当するマンションに顔を出すのだろう。

「今月の理事会は十七日ですけど、出られますか?」

理事会の日時は、主に理事長の都合で決まる。

「十七日ですか。大丈夫ですけど」

ちょうど、梨香をあいだに挟んでの傻作と有記、三人の定点撮影の日だ。美世子の出番はない。

「じゃあ、よろしくお願いします」

吉沢と漆原に声を揃えて言われて、美世子は梨香とロビーに入った。

さっきまでと違い、足取りが重くなっている。離婚後も続く定点撮影。考えれば考えるほど、イレギュラーな習慣ではないか。なぜ、それをまじめな夫が容認しているのか、理解できない。

「ねえ、梨香。十七日は……」

エレベーターに乗り込むなり、手を伸ばして六階のボタンを押した梨香に、美世子は聞きかけた。定点撮影の非常識さをこの子に教え諭したい、という気持ちがこみあげてきた。

「ユーマと一緒に写真撮るの、梨香、楽しみなんだ」

だが、梨香はまだ、離婚した両親との記念撮影を無邪気に楽しめる年齢にいるようだった。

# 第七章　ログ4

## 1

西村元樹の旧姓は、渡部元樹。したがって、里見知子にとっては「渡部元樹」という呼び名のほうがなじみ深いに違いない。彼女は心の中で「渡部」と呼んでいるだろう。しかし、現在の彼の戸籍名は、西村元樹である。だから、ここの記録は、その西村姓で通す。

わたし、田所有記は、休日を含めて三日間、西村元樹を観察し、彼の日常の断片を記録するように、と里見知子に依頼された。時給二千円で報酬も受け取る手はずになっている。ガソリン代を含む交通費は請求する。三日間といっても、四六時中見張っている必要はない。一日三時間まで、と言われているから、その範囲内で彼を記録しようと思う。実際には、準備の時間も含め、それ以上の時間を費やすことになるだろう。だが、それは当然である。わたしの本業はスクリプター、記録係としての誇りはある。西村元樹の日常の断片を記録してほしい、と頼まれた以上、なるべく多種多様な対象者の顔を撮影したい。それを最終的には、一日三時間内に編集してもかまわないだろう。採算度外視で、完璧な仕事を目指す。

ここに残す記録は、あくまでも私的なもので、彼女に渡すのは、彼女から預かった機材を使用しての記録である。具体的には、最新型の家庭用ビデオカメラで撮影した映像であり、望遠レンズ付きのカメラで撮影した写真であり、対象者に接近したときにひそかに録音したボイスレコーダーの音声である。すべて、対象者に気づかれないように、と指示されての隠し撮りである。

それらを彼女に渡してしまえば、わたし自身の記録は残らない。それでは、あまりに寂しい。自分が苦労して動き回った成果を形に残せないからだ。自分の仕事を形に残したいのは、スクリプターとしての性のようなものかもしれない。

この記録はあくまでもわたしだけのものであり、外部には出さない。外部に出す必要性が生じたときは……自分を、いや、わたしの家族を守るときだけだろう。

## 2

西村元樹——対象者は、埼玉県朝霞《あさか》市の賃貸マンションに一人で住んでいる。広さは1LDKで、一人暮らしには充分な広さだろう。部屋の中まで撮影したいが、それは無理というものだ。近所の不動産屋で調べたところ、同程度の広さの部屋の家賃は約八万五千円。そこから推察すると、現在三十八歳の彼の月給は、手取り三十万円はあるだろうか。朝霞市から都内まで通勤しており、勤務先は池袋にある「カウントサービス」という会社。駐車場の運営や管理、レンタカーやロードサービスなどの業務に携わっている親会社のグループ会社の一つで、「カウントサービス」はカーシェアリング部門を担《にな》っている。住所や勤務先のデータは、依頼者の里見知子から入手した。対象者の写真も何枚か送ってもらったが、それらを彼女がどういう経路で入手したのかは不明だ。探偵会社に頼んで、対象者の身辺を調査してもらったのかもしれない。

現在の会社に転職して三年目で、その前は不動産関係の会社に勤務していたという。営業成績のよい男で、現在の会社に引き抜かれた形のようだ。

「カウントサービス」の定休日は木曜日。休日を含めて三日間という条件なので、水曜日、木曜日、そして、一般的な休日に当たる日曜日を選んだ。

＊

水曜日。スタートは、対象者の出勤風景から。対象者が自宅マンションを出たのは、午前八時。東武《とうぶ》東上線《とうじょうせん》の朝霞駅までは徒歩九分。わたしは記録者ではあるが、探偵ではない。たった一人で対象者を張り込み、尾行し、記録する（ビデオカメラや一眼レフカメラによる撮影やボイスレコーダーによる録音等）ことの困難さは、五分もたたないうちに理解した。マンションのエントランスから出た瞬間は、離れた場所から撮影したので、うまくカメラにおさまった。しかし、そこからが大変だった。新聞で読んだが、最近の調査によると、埼玉県の県民総人口七百十九万人のうち、十五歳以上に限れば、百六万人が県外の学校や職場へ通っているという。昼間に人口流出する数では神奈川県の百八万人に次いで、全国二番目に多い。百六万人の九割に相当する九十四万人が東京都に通勤、通学し、俗に「埼玉都民」と呼ばれているらしい。こういう数字に敏感なのは、記録者たるゆえんだろうか。とにかく、数字が書かれていると、わたしはメモしてしまう癖があるのだ。娘の梨香が生まれたときの体重は、二九五五グラム。この数字も決して忘れない。

それだけ多くの埼玉県民が東京へ流出するのだから、朝の通勤通学時間帯の光景はまさにゲルマン民族の大移動である。駅へ向かうあいだにどんどん人の数は膨れ上がり、駅の改札口からホームに上がったときには人とすれ違うのもやっとの状態になっている。電車に乗り込んだら、もう身動きできない。対象者のそばに近寄るのはむずかしい状況だから、ましてやカメラの隠し撮りなんかできたものではない。

そんなわけで、わたしが隠し撮りできたのは、対象者が朝霞駅に入るまでだった。

池袋駅で降りるのはわかっていた。だから、尾行は簡単だと思われるかもしれないが、現実にはそう簡単にはできない。夥《おびただ》しい数の乗客が車内からホームにどっと吐き出されるのだから、対象者など容易に見失ってしまう。あらかじめ道順を調べておいた会社「カウントサービス」が入ったビルまで行ってみたが、すでに対象者は建物に入ったあとのようだった。いくら待ってみても、対象者の姿はとらえられない。あるいは、会社以外の場所に直行したのか。

だが、やはり、対象者は会社に入っていた。昼休み、対象者がビルから出て来る姿をわたしの目はとらえた。肉眼だけではなく、カメラの目でとらえなくては。

しかし、繁華街での撮影は慎重さが要求される。人の目が多いだけに、〈あの人、何を撮っているのだろう〉と、周囲から訝しげな視線を投げられる。おおっぴらに撮影していると、不審人物として警察に通報されかねない。ここは都会の真っただ中で、野の花が咲いていたり、蝶々が飛んでいたりする自然の中とは違うのだ。物陰に隠れて、素早く撮影するしかない。あるいは、焦点が多少ぼやけたり、手ぶれが生じたりしても、鞄に隠したビデオカメラで撮影するか。

そうやって、苦労に苦労を重ねながら、わたしは対象者のいくつかの顔の撮影に成功し、水曜日の対象者の日常を切り取った。昼食は、一人で会社の近所の立ち食いそば屋に入り、午後は、江東《こうとう》区内のホテルへ。鞄を持って一人でホテルに入って行ったから、仕事の打ち合わせかもしれない。ロビーに入るところまでは撮影できたが、ホテル内での撮影はさすがにできなかった。その後、対象者が制服姿の女性にチェックインカウンターの裏の部屋に招じ入れられたので、仕事の話だろうと察したのだ。

対象者が従事しているカーシェアリング業務について少し調べてみたところ、カーシェアリングとは、会員になることによって必要なときに自動車を自由に共同使用できるサービスないしはシステムを指す。文字どおり、一台の自動車を大勢でシェアするのだ。レンタカーよりもごく短い時間の利用ができ、レンタカーより手軽で安価だと評判を呼び、都心を中心に利用者は急増している。レンタカーは、利用者が営業所に借りに行くのが基本だが、カーシェアリングの場合は、街の随所に会員に貸し出す自動車を用意しておく。マンションの駐車場、ショッピングセンターの駐車場、オフィス街の駐車場など、駐車場さえあれば、どこにでも会員向けの自動車は設置できる。

ホテルの駐車場も「カウントサービス」のような事業者の格好のターゲットになるのだろう。対象者は、急成長中の会社の営業マンとして、このホテルの駐車場にカーシェアリング用の一台分、いや、何台分かのスペースを確保するべく、交渉しに行ったのだ。夏の素材の濃紺のスーツに涼しげな水玉のネクタイ。靴はきれいに磨《みが》かれている。

交渉が終わったのだろう、一時間後にホテルから現われて、そのまま会社へ戻る。営業マンに定刻の終業時間などというものが存在するのか。残業があったか否《いな》かは不明だが、対象者が会社の建物からふたたび姿を現わしたのは、午後七時半。どこかの居酒屋で飲んで帰るのかと思いきや、まっすぐ池袋駅へ向かった。そして、東武東上線の改札口へ。帰りは朝ほどの混雑ぶりではなかったので、望遠レンズを使ったカメラでの撮影は意外に簡単にできたし、鞄にビデオカメラを隠して電車に乗り込み、対象者の近くまで行くこともできた。鞄のファスナーを少し開けてレンズをのぞかせ、隠し撮りするという古典的な方法だ。テレビドラマの撮影で、実際に小道具として間近で見る機会があったので、それを思い出してやってみた。鞄を傾《かたむ》けてレンズが上方を向くようにし、男の顔を下から撮影する。

——女が隠し撮りするわけがない。

そういう心理的な盲点を利用して、怪しまれないように、堂々とするのがコツである。とはいえ、長時間撮影するのは危険だ。一分くらい撮影が続いたところで、鞄を胸に抱え込んだ。ファスナーのあいだから指を差し入れ、電源を切る。

朝霞駅で降りた対象者を尾行し、自宅マンションに入るまで見届ける。帰路の写真も、気づかれないように遠くから一枚撮影した。今日はこれでいいだろう。日付が変わるまで張り込む必要もない。普通に出勤し、まじめに仕事をして、たぶん残業もし、寄り道せずに家に帰る。何の変哲もない独身サラリーマンの日常である。

3

木曜日。対象者の勤務先の休業日。三十八歳の独身男性の休日の過ごし方はいかなるものなのか。恋人がいればデートしたりするのだろうか。が、互いの休日が合わずに、自然消滅する関係というのもよく耳にする。対象者の趣味まで下調べはしていないが、朝から出かける用事があるかもしれない。食事の用意をして、前日のように早朝に家を出ようとしたが、いつも以上に早起きの祖母に阻まれた。

「今日は、美容院に行きたいんだけど」

台所で朝昼兼用の食事を用意していたところに、まだ左腕を三角巾で吊った痛々しい姿の祖母が入って来た。

「あ……美容院？　そう、じゃあ、予約するわね」

車で乗せて行ってほしい、ということだ。行きつけの美容院が予約でいっぱいならいいな、とわたしは思いながら、「午前中でもいい？」と聞いてみた。

「いいけど」

「九時まで待ってね」

午前中がだめでも、午後からの張り込み取材はできる。「じゃあ、今日は早めに食べましょう」

トーストにはちみつとブルーベリージャムをたっぷり塗り、祖母の皿に置いた。それに、ゆで卵を添えたサラダと果物といういつもの献立の朝食を二人で摂《と》り始めると、「昨日は、朝早くから夜遅くまで歩き回っていたのね」と、祖母が意味ありげな視線をよこした。「名前を手がかりに、早速、独自に調べ始めたの？」

祖母はまだ、わたしが父親捜しをしている、と思っているのだろう。

「せっかくまとまったお休みをとったんだから、わたしにだってしたいことはあるわ」

ぼかして答えると、

「隠し撮りなんかしてないわよね」

祖母の表情が険しくなった。

ドキッとした。この一日で、どれだけ隠し撮りをしたことか。

「いくら産みの母親だからって、梨香の小学校の校庭に無断で入り込んだら、問題になるわよ。親権はあちらにあるんだから」

ふたたびホッとする。またまた祖母は勘違いしてくれている。

「有記、あなた、重そうな鞄を持って出かけたわよね。中に機材が入っているんでしょう？」

映画業界に長く身を置いてきた祖母は、撮影に使う道具を「機材」と呼ぶ。

「もうじき面会日だもの。美世子さんが心証を害するようなことはしないわ」

それは本音だった。しかし、里見知子に依頼されて対象者を張り込み、撮影する目的があるのだ、とは言えない。

九時少し前に祖母の行きつけの美容院に電話をすると、「すぐにどうぞ」という返事。

「車で送ってくれるだけでいいわ。帰りは、タクシーを呼んでもらうから」

最終的には孫娘の行動を信じる気になったらしい。祖母は、そう言ってわたしを解放してくれた。

そんなわけで……この日は出遅れた。ナビを使って自家用車で朝霞まで行き、対象者の住むマンションの近くの道路に停車して、様子を見る。長時間駐車していては怪しまれるので、ときどき車を動かした。車の中からのほうが撮影はしやすい。

里見知子がいつ殺人を決行するつもりでいるのかはわからない。そのあたりの日程は教えてもらっていない。教えてもらっていないといえば、三日間対象者に接近して、彼の日常の断片を記録してほしい、とは頼まれたが、そのあとの指示はまだ受けていないのだ。記録した映像や写真、音声をどうしたらいいのか。とりあえずは、指示があるまではわたしの部屋に保管するつもりだが。

ナビを頼りに周辺をぐるぐる巡り、対象者の住むマンションに戻り、エントランスが見える位置に車を停める。そんなことを三時間も繰り返す。この日は、六月なのに、日差しが強烈で真夏のような暑さだった。エンジンを切って車内にいると、熱中症で死にそうになる。エアコンをつけっぱなしにしていると、通行人に胡散臭《うさんくさ》そうな視線を投げつけられる。

もう限界だ。無駄骨に終わりそうな予感もする。期限を切られてはいないから、次の休日まで待とう。エンジンをかけて帰ろうとしたとき、エントランスから背格好に見憶えのある男が出て来た。が、スーツ姿ではなく、ジーンズにTシャツ姿だったので、顔を見て本人だと確信した。そこで一枚、写真におさめる。対象者の休日の素顔。気合の入った昨日のビジネスマンの顔とは違い、足下はサンダルで、髪の毛には寝癖がついている。

どこへ行くのか。本来なら、車を置いて、対象者を尾行したい。テレビドラマの刑事や探偵であれば、そうするのだろう。だが、わたしは二人一組で行動しているわけではない。ひたすら待つ。軽装で出かけたからには、すぐに戻るだろう。パチンコにでも行けば別だが。対象者は、すぐそばに横断歩道があるというのに、そこまで行かずに小走りで車道を渡り、歯科医院と美容院のあいだの路地に消えた。

わたしの勘は当たり、五分で対象者は戻って来た。手には白いレジ袋を提げている。コンビニで買い物をして来たらしい。時計を見ると、午後二時半。レジ袋の膨らみ方から見て、中身はおにぎりかお弁当か。

——休日は昼過ぎまで寝ていて、コンビニ弁当で遅い昼飯にし、また夜までゴロゴロして過ごす。

そんな独身男性の怠惰《たいだ》な生活を想像した。

それから一時間待ったが、疲れと暑さがピークに達し、退屈さも限界に達したため、都内へ帰った。

——夕方、女性が訪ねて来て、対象者の部屋で夕飯を作り、二人で食べながら楽しく過ごす。

そういう展開になったかどうか……。わたしの勘が正しければ、現実はドラマチックな展開にはならず、対象者はひたすら家にこもっていたのだろう。

4

金曜日、土曜日と家にいて、祖母の話し相手になったり、自室で本を読んだり、撮影した映像や写真をチェックしたりしていた。里見知子からは何の連絡もない。途中で口を挟むと、こちらの仕事に対する意欲が萎《しぼ》むとでも思っているのかもしれない。あるいは、連絡できないような緊張状態にいるのか。撮影日は残り一日。もしや、と閃《ひらめ》いて、「カウントサービス」の親会社のホームページをのぞいたことが功を奏し、翌日の仕事の効率化へとつながった。「お知らせ」と点滅しているところをクリックすると、「快適カーレス社会！　あなたの街でカーシェアリング生活」という太い見出しが出現した。カーシェアリングの説明会が開かれます、とあり、場所と日時が書かれていたが、そのあとに「担当者：西村」と対象者の姓が続いていた。

対象者の西村元樹に違いない。明日の午後二時から、栃木県宇都宮《うつのみや》市の美原台《みはらだい》ニュータウン内で、居住者を対象にカーシェアリングとは何か、それによってどんな便利な生活が送れるようになるか、費用はどれくらいか、などについての説明をするらしい。「お誘い合わせの上、多数お集まりください」ともあるから、参加申し込み制ではないのだろう。

「調べものは今日で大体、終わるから」

祖母にそう告げて、日曜日も昼から宇都宮へ自家用車を走らせた。

目的地は、宇都宮市の中心地から車で十五分くらいの郊外にある丘陵《きゅうりょう》地を開発した大規模なニュータウンだった。そもそもニュータウンとは、国による明確な規定はないが、大都市圏の住宅不足を解消するために、人口密集地ではない区域に整備されたもので、戸数一千戸以上をめやすとしている。これも、以前、テレビドラマの撮影で、ニュータウンと呼ばれる街を舞台にしたときに得た雑学の一つだ。

小高い丘を切り開いて、似たような顔つきの小ぎれいな家が建ち並んでいる。路線バスの走る道路は整備され、街は緑で囲まれている。

説明会の開催場所は、雨天の場合はニュータウン内の集会所、晴れた場合は屋外とされていた。天気に恵まれたことに、わたしは感謝した。ニュータウンの南に位置するスーパーマーケットの敷地内にテントを張っての説明会は、ビデオ撮影するのに最適だ。

ナビでニュータウン近辺のコインパーキングを探し、そこに車を預けて開催場所へ向かう。二時まであと十五分あるが、すでに人が集まっている。

テントの中では、スーツ姿の対象者と、白いブラウスに紺色のベストにスカートというOL風の制服姿の二十代くらいの女性二人、計三人でテーブルにパンフレットを並べたり、幟《のぼり》を立てたりと、説明会の準備をしている。

五分前になると、人数は四、五十人に膨れ上がった。このくらいいると、聴衆に姿を紛れ込ませやすい。まず、少し離れた場所から、スーパーマーケットの建物や駐車場、周囲の家並みやきれいに手入れされた低い樹木などをビデオカメラにおさめた。

その後、説明会に集まった人々の輪の後ろにつく。

隣の五十代くらいの女性がわたしの手元を見てわずかに眉をひそめたので、「来年、子供が小学校に上がるのを機に、ここへの転居を考えているんです。今日はその下見に来たら、ちょうど何か説明会をするようなので」と、あらかじめ考えておいた言い訳をした。

「あら、そうなの？　それで、カメラを？　ここはいいわよ。環境がよくて。お勧めね」

もともと話し好きなのか、女性は笑顔になって弾丸のように言葉を返してきた。

「だけど、今日の説明会って、カーシェア何とかよ。その……車を共有で使えるサービスとか。主人に『聞いて来てくれ』って言われて来たんだけど。うちの主人、今日はゴルフなのよ。オープンハウスの情報だったら、バス停の前に営業所があるから、そっちに行ったほうがいいんじゃない？　それから、大きな声じゃ言えないけど、ここって一見整備されてきれいだけど、住んでみないとわからないことって多いの。たとえばね、夕方になるとどこからともなくムクドリの群れが現われて不気味だとか、空き巣被害がけっこう多いとか、それから……」

「ありがとうございます。じゃあ、そっちの営業所に行ってみます」

話が終わりそうもなかったので、わたしはそう言って遮り、彼女のそばを離れて別の場所へ移動した。人だかりは増えていた。

「みなさん、今日はお忙しい中をお集まりいただき、ありがとうございます」

スピーカーを通して、対象者の声が流れてきた。やった。これなら、明瞭な音声が録音できる。ビデオカメラで人垣越しに映像を撮影するのは短時間にして、あとは鞄の中のボイスレコーダーに録音を任せることにする。輪から離れた場所から対象者を観察する。

「まずは、カーシェアリングとは何か、からお話しする必要がありますね。みなさん、カーシェアリングという言葉、耳にしたことはありますか？」

先日と同じスーツの対象者は、前列の家族連れに話しかける。前列にいるからサクラというわけでもないのだろうが、話しかけられた子供は期待どおりに首をかしげる。

「では、お子さんにもわかるようにご説明しましょう」と言って始めた対象者の説明は、わたしが下調べをしたとおりの内容だった。が、それに加えて、カーシェアリング社会がいかに家庭の経費節約に、そして、エコロジー社会につながるかを強調していた。日本全国の家庭における自家用車の保有台数が減れば、それだけ$CO_2$排出量の減少につながり、地球の環境を守ることになるのだという。自家用車の維持費もかからず、ガソリン消費量も減る。

「というわけで、わが社は、環境にやさしいエコ社会を目指しているわけです」

自信たっぷりに誇らしげにセールストークを続ける対象者を見ながら、〈本当に、過去に人を殺した男なのだろうか〉という目で見ている自分に、わたしは気づいた。セールスマンとしての才能は、生まれつき対象者に備わっていたのかもしれない。だが、対象者は、中学時代に友達を撲殺したのである。抑え切れない激情や凶暴性といったものが、いまでも対象者の心の奥底に潜んでいるのだろうか。

女性スタッフ二人が集まった人たちにパンフレットを配っている。別の営業所から応援に駆けつけた女性社員か、あるいは今日だけ頼まれたバイトか、彼女たちの素性は不明だが、彼女たちや集まった人たちが有能なセールスマンの顔を見せている対象者の過去を知ったら、どういう反応を示すだろうか。

「では、お時間に余裕のある方は、実際にシステムをご覧ください。さっきもご説明しましたとおり、初期費用としてカード発行料をお支払いいただくだけで、ご入会いただけます。月額基本料金のほかに、利用料金がかかりますが、ご利用方法は簡単です。わが社の看板のある専用駐車スペースへ行き、会員証を兼ねたＩＣカードを専用車にかざしていただくだけで……と、実際にそこへ行ってやってみたほうが早いですね」

対象者がよどみなく説明して駐車場のほうへ動き出すと、聴衆もぞろぞろとあとに続いた。

ここまでで充分だろう。カーシェアリングそのものを取材に来たわけではないし。わたしは、対象者の観察というか張り込みを終わりにして、自家用車を取りに行った。そこで少し時間を潰して、説明会が終わるころに戻った。

テントやテーブルが片づけられていて、人影はない。あんなに人だかりがしていたのがうそのようだ。駐車場に車が出入りし、スーパーマーケットに人が出入りする、日本各地で見られる普通の日常の休日の光景である。対象者はもう帰ってしまったのか。

――カーシェアリング業務の担当者として、関東圏のニュータウン内で説明会を開き、シェア拡大、顧客獲得に向けて努力する姿。

日曜日における対象者の勤務の様子は、依頼者の里見知子に映像や音声とともに報告できる。

張り込みや尾行も三日目となると、さすがに疲労が蓄積する。緊張感も続かない。

完璧な記録を目指す、と意気込んでおきながら恥ずかしいが、もうこのあたりでいいだろう、と打ち切りたくなる。

対象者が現われなければ、いままでの記録でよしとしよう、と決めて、わたしは帰りかけた。が、そういうときに限って、絶妙なタイミングで対象者が現われるのだ。視野の隅に見憶えのあるスーツが映り、対象者だとわかる。対象者は、だだっ広い駐車場の片隅に向かい、駐車してあったメタリックカラーのフォードアタイプの乗用車に乗り込む。会社の車なのか自家用車なのかはわからない。グループ会社に中古車販売の部門も含まれているから、安く購入した自家用車かもしれない。

わたしは、大きく息を吸い込んだ。車での尾行など生まれてはじめてだ。好機をつかまえた以上、あと戻りはできない。「大役を終えた対象者の素顔を記録してみたい」という純粋な欲求も頭をもたげた。人間は、気が緩んだときに本性をのぞかせるものだという。

会社に向かって、今日の報告をするのか。それとも、今日は「お疲れさま」で直帰し、家で大の字になって休むのか。

手前に駐車し、対象者が車を発進させるまで待機する。乗車したと思った対象者はすぐに降りて、どこかへ行く。五分後、何かを持って戻り、ようやく車を出す。対象者の車は東京方面へ向かう。十分後、国道沿いのファミリーレストランの駐車場へと乗り入れる。ここでひと休みするつもりか。だが、当然入店するものと思って、離れた場所に駐車し、ふと見ると、車外に出たはずの対象者の姿が見えない。車から降りたのではなかったのか。もう入店してしまったのか。ところが、運転席から降りようとしたとき、対象者の車が視野に入ってきた。ハッとして、助手席に置いたビデオカメラを手にした。対象者の車がゆっくりと方向を変え、こちらに接近してくる。もう一つの出入り口から国道へ出るつもりのようだ。かがみこんだ姿勢をとってから、助手席のほうへ身を乗り出す。助手席の窓越しにビデオカメラのレンズを外に向ける。対象者の車は、わたしの車の左側を通り過ぎ、後方へ走り去る。助手席に座った女性の横顔が至近距離でとらえられた。髪の長い、二十代後半から三十歳くらいの女性。説明会場にいたスタッフの女性のいずれでもない。彼女たちは二人とも肩までの長さの髪だった。

——このファミレスで、女性と待ち合わせしていたのか。

本物の探偵になった気分を味わった。対象者の車を後方からも撮影し、運転席と助手席に人のいる気配とナンバープレートの記録に成功。それから、体勢を立て直してあとを追おうとしたが、対象者の車に後続車が何台も連なるのを見て、追跡する意欲が失せた。追跡は断念。

しかし、収穫はあった。対象者には、仕事を終えたあとにひそかに逢引きするような女性がいる。彼女は、対象者の恋人だろうか。

5

依頼された任務は終えた。家に帰り、車庫に自家用車を戻してからでもまだ時間的に余裕があったが、二度目の外出の理由を祖母に問われては面倒だ。答えを用意していない。というより思いつかない。同じ渋谷区内のデパートの地下駐車場に入り、車を預けてから目的のフロアへ上がった。

写真家・新井誠の写真展『雪形で自然を学ぶ』が開催されている。美術画廊のフロアの一角で、その写真展は開かれていた。思ったより小さな会場だ。親子連ればかりかと予想していたが、意外にも若い女性が多い。イケメン写真家、と書いた写真雑誌もあったな、とわたしはほんの少し晴れがましく思い出す。

だが、会場に足を踏み入れる前に、新井誠の声が耳に飛び込んできて、わたしの足は止まった。

「ええ、そうですよ。富士山《ふじさん》にだって雪形はあります。六月の田んぼに水を引くころになると、雪が溶けて岩肌が現われ、山の北麓に白い鳥の形が浮かび上がるんです。『農鳥《のうとり》』と呼ばれていますが、くっきりと浮かび上がった年は、豊作になると言われています。あれを見に行くといいですよ。心が洗われて、幸せな気持ちになります。都会では決して味わえない至福の時間です」

若い女性たちに説明しているらしい。柔らかな口調で、やさしく歌うように説明する。

——あのときとまったく同じセリフだ。

そう思った瞬間、わたしの足は床に張りついたようになってしまったのだ。そっくり同じ説明を、わたしは彼に受けたことがあった。

夫婦共働きのわたしたちは、近くに住む元夫の母親の力を借りなければ、到底子育てなどできない状況にいた。その頼りにしていた義母が脳梗塞で倒れ、急死した。そのあとが大変だった。すぐに預けられる保育園は見つからず、一日単位であちこちの保育園に梨香を預けた。ときには、仕事場にも連れて行ったり、ベビーシッターを雇ったりした。そうやって、一つのドラマをようやく撮り終えたとき、達成感を上回る疲労感に身体と心が蝕《むしば》まれていた。ちょうど元夫の遅めの夏休みと重なり、普通なら

「家族で旅行に」となるのだろうが、そのときは夫婦ともに「幼児連れの旅行は遠慮したい」という気持ちに占領されていた。

夫婦共働きといっても、時間に換算すれば、わたしが梨香の面倒を見ていた時間のほうが圧倒的に多い。撮影現場にさえ連れて行ったのだから。不公平だという気持ちの強かったわたしは、「一人旅をしたい」と、率直な願望を口にした。

「いいよ、梨香の面倒はぼくが見る。君は、ゆっくり温泉で休んで来れば？」

身体と心を癒《いや》すための白馬への一人旅を強く勧めてくれたのは、元夫だった。

そんな経緯で行った白馬《はくば》の小さなペンションで、以前、仕事で知り合った写真家の新井誠と、偶然、再会したのだ。

「雪の残る夏山を撮りたい」と言う新井誠について、わたしは山麓を歩き回った。写真も撮った。だが、二人で並んで写真を撮るのは控えた。やはり、心のどこかに罪悪感があったのかもしれない。歩きながら、さまざまな雪形について、新井誠は少年のように目を輝かせながら説明してくれた。「富士山にも雪形はあるの？」と尋ねたわたしに、彼は「農鳥」の話をしてくれた。

——雪形を追う男、というテーマでドキュメンタリー映画を作ったらおもしろそう。

東京に戻ったら、企画書を出してみようか、とも考えたけれど、彼に深入りしないほうがいい、という警告音が頭の中で鳴っていた。そこだけで終わる関係のはずだった。

ところが、予期せぬできごとというか、事件が起きた。明け方、ペンションが火事になり、死者は出なかったが、逃げ遅れて負傷者が出た。わたしは煙を吸い込んだ程度で済んだが、火元に近い部屋にいた新井誠は、逃げる際に手に軽い怪我をした。雪形を追い求める写真家として地元では有名だったために、新井誠の名前は新聞に載った。それを見た元夫が二人の関係を勘ぐって……という昼メロによくあるような展開になったのだった。新井誠の話は、以前、元夫にしたことがあった。「雪形か。いつか見に行きたいな」と、都会育ちの元夫も関心を抱いていたのだろう。

「同じ宿だったのは、偶然よ」

本当のことを話しても、信じてもらえない。ロゲンカとだんまりを繰り返す日々。二人の関係はどんどん悪化していき、幼い梨香でさえ「パパとママ、どうしたの？」と、可愛く顔をしかめるまでになった。

わたしが元夫の俗っぽさに呆れ返ったときに、逆にその俗っぽさに惹かれた女性がいた。それが、旧姓尾関美世子だった。わたしは、独自のやり方で、彼女が梨香の母親になれるかどうかの適性を見極めた結果、彼女に梨香を託すことを決意した。裁判も考えなかったわけではない。が、相手が態度を硬化させ、裁判が長引けば、そのあいだ梨香に会えない可能性が高くなると知り、離婚届に判を押した。

新井誠には何の落ち度もない。だが、わたしたちの離婚と元夫の再婚に彼がかかわった形になったのは事実だ。

——元夫より前に新井誠に出会っていたら……。

祖母の「赤い糸」の話を聞いてから、何度もそういう場面を想像してみた。わたしたちは結婚していただろうか。

結論は出なかった。が、遅ればせながら、いま結論が出た。

——やっぱり、わたしは、先に出会っていても、この人とは結婚しなかっただろう。

誰にも等しくやさしい男。誰にも等しく同じソフトな口調で話せる男。女性に対しても子供に対しても。時間がたって、こうして客観的に彼を見ると、彼の性格がよく理解できる。わたしのことを想ってずっと独身でいるのでは、などと自惚《うぬぼ》れてきたけれど、もしかしたら、カメラ片手に日本全国を撮り回るのに一人のほうが身軽だから、というしごく単純な理由で独身を続けているだけかもしれない。あるいは、単なる優柔不断の男なのか。

わたしは、その場で踵《きびす》を返した。ここで新井誠に再会することは、梨香を裏切ることになる。ふっとそう感じたのだ。二回も流れてしまった梨香との面会である。次の面会は、梨香の誕生日で、定点撮影の日。

そんな大事な日を前に、心がぐらついていいはずがない。

# 第八章　面　会

1

「ベランダで煙草を吸う人がいて、窓から煙が流れ込んできて困る。そういう苦情がありました。洗濯物に匂いもつくそうで。ほかには、エレベーターに乗るとペットを床に降ろす人がいるので注意してほしい、という要望がありました」

管理人室に寄せられた匿名の手紙での苦情や要望を、管理人の漆原が報告する。

「ああ、エレベーターに乗った途端、ワンちゃんを床に降ろす人、知ってますよ。あの奥さんですよね」

と、理事の一人が大きくうなずきながら受ける。

「わたしも見ました」と、ほかの理事も言う。

「じゃあ、貼り紙をしましょうかね」

理事長の増岡が全員を見回して、「そういうことで、漆原さん。よろしくお願いします」と、向かい側のテーブルにいる漆原に微笑みかけた。注意書きのフォーマットは決まっていて、文書を作って掲示板に貼り出すのは、管理人の仕事とされている。

——規則が多すぎて、集合住宅に住むのもいろいろと面倒ね。

美世子は、ちょっとうるさすぎるのでは、と思いながらも、そういう本音は決して口にしない。たとえば、「マロニエ・レジデンス」では、建物内ではペットを抱きかかえること、という規約がある。人に飛びついては危険なので、飼い主がペットを抱きかかえる決まりになっているのだ。だが、エレベーターに乗り合わせた者がいない場合、気が緩んでペットを床に降ろしたくなる飼い主の気持ちはわかる。そのペットについても、大きさや種類や数などに規定がある。

独身時代の美世子であれば、何が何でも規則を忠実に守る主義だったかもしれないが、いきなり幼稚園児の母親になって、世界観が少し変わった。小さな子供は大人の思いどおりにはならない。ときとして、予想もつかない行動に出ることがある。梨香の母親になって三年数か月。梨香を通じてもっと小さな子たちと交流する機会を得てから、世の中には守らなくてはならない規則もあるのはわかるが、ときと場合で柔軟に対応するのも大切だ、という考えを美世子は学んだ。

——梨香のためにも、やっぱり、一戸建てがいいのかしら。

マンション理事会の会合に出席しながら、美世子は、庭付きの家でのびのびと遊ぶ梨香の姿を想像した。現在、マンションの狭いベランダでままごとみたいにミニトマトを育てているが、兼業農家で育った美世子は、梨香と一緒に、鉢植えの苗木からではなく、陽光を浴びながら畑を耕して、思いきり野菜作りをしてみたいと思っている。土いじりは情操教育にもいいという。近所の地主が貸し出している家庭菜園は大人気で、順番待ち状態なのだ。「大きな犬を飼ってみたいな」と、何日か前に梨香が言い出したのも、美世子の気持ちを一戸建てに傾斜させていた。大型犬はマンションでは飼えない。

「では、次の議題に。マンション修繕積み立ての件ですが、会計報告を含めて、それは吉沢さんのほうからお願いします」

と、増岡が議事を進めて、庭付きの一戸建てを思い描いていた美世子は我に返った。

「では、資料をご覧ください」

発言者が、グレーの渋いネクタイを締めた吉沢にかわった。日曜日の今日、マンション住人の理事たちは全員普段着だから、スーツ姿の吉沢は目立つ。改めて、管理会社の彼にとっては出勤日なのだ、と認識する。

ボールペンを走らせる音に気づいて隣を見ると、もう一人の書記の河野《こうの》が熱心にメモを取っている。昨年から引き続き書記を務めている理事の女性で、「次回は出席できるから、わたしが議事録をまとめるね」と、事前に連絡を受けていた。書記は二人いるから、交代で議事録を担当すればいい。

——書記という大役がなければ、こんなにのんびりしていられるのか。

前回の会合と違って、一生懸命メモを取る必要もない。そうでなくとも、今日の美世子は心ここにあらずの状態なのである。

——始まったかしら……。

壁の時計に目をやり、美世子は心臓を脈打たせた。午後二時半。俊作が梨香を連れて家を出たのが午前十一時。都内で有記と待ち合わせてランチを食べてから、定点撮影の場所、世田谷の写真館へ行く予定になっていた。世田谷美術館の近くにある、明治時代から続く歴史的建造物に数えられるような古い写真館だという。しかし、美世子自身はそこへ行ったことがなかった。写真館の名前を聞いてネットで場所は調べてあったが、足を運んで自分の目で確かめてはいない。意地でも行くものかと思っていた。そして、ひたすら、〈そんな写真館、潰れてしまえ〉と心の奥底で願っている、いや、呪っているのである。

庭付き一戸建て。家庭菜園。大型犬。

気がついたら、配られたプリントの余白にそんな文字を書き連ねていた。それらは、血のつながらない梨香を自分につなぎとめておくためのエサかもしれない。

――わたしは、あせっているんだわ。

美世子は、はっきりとそう自覚した。

「ねえ、このあいだ、テレビをつけたら、ユーマの名前が出てたよ」

昨夜、居間で俊作と梨香が話しているのを、美世子は風呂上がりに廊下で耳にしたのだ。

「ああ、そうか。それはミーマには言ったの？」

俊作が戸惑いを含んだような口調で聞いたら、

「ううん」と、少しの間のあとに梨香は答えた。

その少しの間を、美世子は梨香の成長の証《あかし》だと解釈したのだった。田所有記が記録を担当したテレビドラマのシリーズは、平日の昼間や夕方によく再放送されている。それらを、学校から帰ってふとテレビをつけた梨香が目にすることはあるだろう。梨香は、産みの母親の名前を漢字で読めるし、書ける。「記録」という漢字も知っている。

――実母の名前をテレビで見た話をしないのは、わたしへの遠慮があるからだわ。今日、九歳の誕生日を迎えた梨香である。育ての母に遠慮する気持ちが生まれただけ、成長したということだろう。

――いつか、梨香はわたしの手から離れていく。

子供の成長を見守り、自立への手助けをするのが親の務めである。その過程で、専門職を持つ女性としての産みの母親に、彼女はどんどん惹かれていくのではないだろうか。今日で九歳。来年は十歳。徐々に大人の女性に近づいていく。毎年、同じ写真館での定点撮影。あちらはどんどん絆を強めていく。それに対して自分は……。庭付き一戸建てや家庭菜園や大型犬でつなぎとめられなければ、梨香はどんどん自分から遠ざかっていく。こちらの絆は確実に弱まっていく。美世子は、焦燥感に駆られ、コンプレックスに押し潰されそうになっていた。わたしは何の才能もない、平凡な主婦じゃないの。いくら字がきれいだと褒められ、書記という仕事を任されようとも、そんなのはキャリアにカウントされない。

――将来、どんな女性になりたいか。

そう問われたとき、梨香は、わたしではなく、有記さんのほうを選ぶに決まっている。

「すみません。急用を思い出したので」

居たたまれずに、美世子は席を立った。

「どうしたの？　守本さん」

河野が見張った目を向けてきた。

それには答えずに、美世子は集会所を飛び出した。

2

木のぬくもりが感じられるウッドデッキの床を踏みながら、有記は空を見上げた。吹き抜けの中庭には天窓つきの屋根がかかっていて、空が見える天窓とテラスへ続く片側の掃《は》き出し窓から自然光がたっぷりと差し込んでくる。快晴ではなく曇りがちの日だが、そのほうが撮影に適している場合もあるのだという。ときおり、雲の切れ間から太陽が見え隠れする。

「前回は、お母さまが真ん中でしたよね。今回はどうします？」

カメラを設置し終えると、『陽光館《ようこうかん》』の五代目の店主が顔を上げた。顎《あご》ひげを生やした黒縁眼鏡の七十代の長身の店主は、死んだ祖父の燐太郎を彷彿《ほうふつ》とさせる、と有記は見るたびに思う。

「梨香はどこがいい？」

有記は、梨香の意見を求めた。梨香が一歳のときから、この写真館での定点撮影を続けているが、店主は、三人がずっと同じ屋根の下で暮らしているものと思っている。あえて、有記も離婚した事実を知らせたりはしない。

「今日は、真ん中がいい」

梨香は、中心に置かれた椅子に座り、「で、こっちがパパで、こっちがユーマ」と、俊作と有記の立つ位置を指し示した。俊作が梨香の右側に立つと、有記は左側に立った。

「いいですか？」

店主がカメラの前で声をかけると、

「ちょっと待って」

と、後ろに控えていた店主の妻が前かがみの姿勢で進み出た。椅子に座った梨香の足を斜めにして揃え、有記の前髪の乱れを指で直した。有記は、心もち背筋を伸ばした。今日はスカートにしようかと迷ったが、普段の姿を写真に残しておくべきだと考え直し、去年までのようにパンツスタイルにした。上着だけは高級品で、いちおうよそゆき用だ。

「何枚かお撮りしますね」

妻が引っ込んだのを確認して、店主は撮影を始めた。無理やり笑顔を作らせるような演出はしない主義の店主である。

――みなさまのリラックスした普段の姿を、自然光の中でお撮りします。

有記が撮影の仕事で偶然知った『陽光館』のキャッチコピーに惹かれたのは、梨香が一歳の誕生日を迎える少し前だった。撮影にかかわる仕事をしているから、自然の光と人工の光の違いについてある程度の知識はある。スタジオ撮影の光源は、基本的にはストロボ光であり、安定した均一の光の下で撮影できるというメリットがあるが、太陽の光がもたらすやさしさや柔らかさには欠ける。

「ねえ、一歳の誕生日にはここで家族写真を撮らない？」

有記がそう提案すると、俊作は「自然光の中でというのはいいね」と賛同した。梨香が生まれてすぐのお宮参りには、まだ元気だった俊作の母親も交えて、神社の近くの写真館で記念写真を撮ってもらったのだが、その写真を俊作はあまり気に入っていなかった。「表情が硬い」と言うのだ。俊作の言い方が気になり、ひょっとして、と思い当たって義母にも聞いたところ、表情の硬さを気にしていたのは義母本人だったことがわかった。

義母の言葉が頭に引っ掛かっていた有記は、自然光の中での撮影を取り入れた写真館、『陽光館』の存在を知るなり、家族での記念写真の撮影を思いついた。梨香の一歳の誕生日、義母も誘ったのだが、「こういうのは、家族だけで撮るものよ」と、義母は写真におさまるのを遠慮した。それから、二歳の誕生日、三歳の誕生日、と『陽光館』での記念撮影は恒例行事になったのだった。

二年目には、すでに有記は、その行事を「定点撮影」と呼んでいた。

「自然の緑に囲まれているんですもの、神社の境内《けいだい》で充分よ」

三歳の七五三のときには、「そんなに仰々《ぎょうぎょう》しくする必要もないわ」と義母に言われ、『陽光館』ではなく、神社の境内での記念撮影となった。その直後、義母は病気で倒れ、急死したのである。

したがって、『陽光館』での撮影は、夫婦と梨香、家族三人だけの行事となった。

離婚の話し合いの席で、「『陽光館』での定点撮影だけは続けたい」という希望を俊作がすんなり受け入れてくれたとき、有記はひどく驚いた。当然、断られるものと思っていたからだ。「面会回数を減らしてもいいから」と、譲歩する覚悟はできていた。定点撮影を続行できることになったのは、梨香の要望も大きかったが、死んだ義母の遺志も関係していたのではないか、と有記は思っている。義母は、『陽光館』で撮影した家族三人の写真がとても好きで、小さなサイズに焼いてもらったものをつねに財布に入れて持ち歩いていたのだった。元夫は、そんな母親の遺志を尊重して、世間的には非常識なこんな習慣を続けているのだろう、と有記は常識人間のはずの彼の心理を分析している。

自然光の中で緊張感を持たずに臨めたせいか、撮影は短時間で終わった。

「お嬢さんは、今日で九回目の撮影ですから、今年で九歳ですか?」

店主が脇にどけてあった丸テーブルと椅子を中心に運ぶと、店主の妻が冷たい飲み物を運んで来た。

「ええ、今日がちょうど誕生日です」

答えたのは、俊作だった。

「そうですか。嬉しいですね。わたしたちもこうやって、毎年、お嬢さんの成長を見せていただけるのですから」

ジュースをどうぞ、と梨香にオレンジ色のグラスを勧めて、店主の妻が言った。無口な店主は、にこにこしているだけだ。

「母親としても嬉しいです。わが子が一年ごとに大きくなっていくのを、並べた写真で確認できるんですよ」

有記も言った。一年に一回。同じ場所で同じメンバー。ここでは、堂々と「母親」として振る舞えるのである。

「お嬢さんも幸せね。こんなやさしいご両親を持って」

その言葉には、元夫も元妻も「まあ」「ええ」と、曖昧に笑いながら返す。

「ユーマは……もう帰っちゃうの?」

ジュースを飲んだ梨香が、唐突に聞いてきて、有記は面食らった。

「ああ、まだ大丈夫。そのあたりを散歩して、帰りましょうか」

ボロが出ないうちに、と有記は目配せして俊作を促した。円満な夫婦と思い込んでいる店主夫妻である。彼らの幻想を打ち砕いてはかわいそうだ。

「あの、実は……」

急いでいるのを察知したらしい店主の妻が、「ねえ」と、今度は自分が夫に目配せらしきものをした。

「ああ、そう」

と、笑顔だった店主の顔にかげりが生じる。「来年、ここがあるかどうか」

「えっ?」

　この『陽光館』がなくなるのか。言葉を詰まらせて、有記は俊作と顔を見合わせた。

「何かあったんですか?」と、俊作。

「わたくしどもの息子は、いまイタリアにいるんですが、あちらで料理の修業を積んでいましてね。恥ずかしながら、家業を継ぐ気はなかったってことです。それで、今年中に帰国して、来年にはイタリアンの店を出したいとかで」

「それで、ここをレストランに?」

　うわずった声で、有記は聞いた。写真館の息子がイタリアンのシェフを目指してはいけないという法律はない。

「実現するかどうか、まだわかりませんけどね」

「いちおう、そういうお心積もりでいてください。守本さんのお宅は、毎年、こうしてご家族で記念写真を撮りにいらしてくださっていますし」

　店主の言葉を妻が引き取り、表情を引き締めてから、「いままでありがとうございました」と、深々と頭を下げた。

「でも、やめませんよね」

思わず、有記は口にしていた。息子の夢が実現するかどうかまだわからない、と言ったくせに、いままでありがとうございました、とこれが最後のように礼を言われて、頭が混乱したのかもしれない。

「レストランに改装するにしても、この中庭は残りますよね」

そう言い換えると、

「ええ、ここはわたくしどももとても気に入っている場所ですし、このままで、とは考えています」

と、店主が大きくうなずいた。

「じゃあ、来ます。来年も来ます。レストランになっても、ここに写真を撮りに来ます。定点撮影は絶対に続けます。この子が成人するまで。いえ、成人になってからもずっと」

たたみかけるような勢いの元妻の口調に、俊作が戸惑った表情を見せていた。

3

「昨日はどうだったの?」

　元夫と梨香と有記、三人による「定点撮影」について葵が聞いてきたのは、翌日になってからだった。午前十時半に、いつものように有記が食卓にブランチのしたくを整えていると、先に用意した紅茶を飲みながら、葵が関心を示してきた。昨日は、五時に帰宅した有記を「早いのね」と言って出迎えたきり、久しぶりに会った娘との面会や元夫を交えての撮影などについてひとことも質問しなかった葵である。何か目的があって質問しないのか、と有記は訝っていた。が、聞かれないのをこれ幸いと、有記も話さなかった。

「どうって、別にいつものとおり。いつもの定点撮影」

「いつものって、そんなわけないでしょう」

　葵が鋭い目を向けてきた。「九歳は九歳。八歳のときとは違う。そうじゃないの?」

「ああ、そういう意味ね。それは違うわよ。梨香、見ないあいだにずいぶん背が伸びていたし」

「来年は十歳。定点撮影も十回目。区切りになる年ね」

　葵の言葉に、有記はドキッとした。来年、あの『陽光館』があるかどうかわからないのだ。横文字のしゃれた名前になって、表にはイタリアの国旗が掲げられているかもしれない。永遠にあの場所にあり続けると思っていた写真館だが、そんな保証はどこにもなかったのだ。レストランが無事にオープンできるとも限らない。いまある建物を誰かに売って、別のオーナーが中庭など無視した設計にそっくり建て替えてしまう可能性はある。そしたら、有記が梨香と築き上げてきた歴史の記録がそこでストップしてしまうのだ。

——定点撮影が終わりになれば、それは、美世子さんの思う壺《つぼ》だわ。

昨日、『陽光館』を存続できないかもしれないと知り、有記の頭にすぐに美世子の顔が浮かんだ。彼女のほくそ笑む顔が。

「有記、あなたも覚悟しておいたほうがいいわよ」

「覚悟って?」

「梨香がいつまであなたのお遊びにつき合ってくれるか」

左腕をクッションに載せた姿勢で、葵は言った。

「それは……わかっているけど」

小学校の高学年になれば、身体も大人の女性に近づく。思春期を迎え、自分の置かれた複雑な家庭環境に直面し、悩み始めるだろう。仕事のために、いや、男のために自分を捨てた母親、という目で産みの母親をとらえ始めるかもしれない。

「本当にわかっているのかしら」

葵は、ため息をついた。「自分の娘もしっかり育てられなかったわたしが言っても、説得力に欠けるわね」

勝手に家を飛び出して海外へ行き、そこで日本人の男性を好きになって、帰国後、勝手にその男の子供を産んだ娘のことを、葵は言っているのだ。

「ママは、ずっとおじいちゃまとおばあちゃまに反抗していたの？」

「えっ？」と、葵の顔がこわばった。

「ママが家を飛び出すきっかけが何かあったの？」

有記は、両親とのあいだに確執が生じた原因について、母親からちゃんと聞かされていなかったことにいまさらながらに気づいた。

「それは、まあ……『どうしても、海外に留学したいから』って。絵画修復の勉強をするには、イタリアに行くのがいちばんだから、と。あの子は、昔から、思い立ったらすぐに行動に移すところがあって、言い出したら聞く耳を持たなくて……」

「そう」

「まあね、それも含めて、あなたの父親のことなど、いずれあなたに、すべて話そうと考えていたのかもしれないわね」

葵の目が潤み始めた。

「でも、ママは、最終的にはおばあちゃまに頼って来たじゃないの。おばあちゃまのことはずっと慕っていたんじゃないの？」

有記は、そんな慰《なぐさ》め方しかできない自分が歯がゆかった。

「それは、やっぱり、実の母親だからね」

葵は、かすかに微笑んでこう続けた。「だから、有記もあせることはないのよ。たとえ、定点撮影が何かの事情で終わりになったとしても、梨香とあなたの縁は切れない。一時的に、梨香が産みの母親であるあなたを避けることがあるかもしれないけど、いつかきっとあなたのもとに帰って来るはず。二人の絆はずっと強いままよ」

「おばあちゃま、ありがとう」

梨香と自分を結んでいた唯一の場所が消滅するかもしれない。もう二人の歴史を記録することはできない。そう思って沈んでいた心に、葵の言葉がひと筋の光を当ててくれた気がした。

いつもの朝よりていねいにトーストにブルーベリージャムとはちみつを塗って、祖母の白い皿に載せる。

食事を済ませて、居間のテレビをつけると、ニュース画面が映し出されていた。

「殺された西村元樹さんは……」

いきなり、その名前が耳に飛び込んできて、有記の心臓は凍りついた。

祖母に動揺した様子を見せたくはない。居間のテレビから離れて、二階の自分の部屋へ行く。テレビをつけて、十一時半からのニュースを待つ。複数のニュースをチェックし、ネットでも再度チェックして、有記は事件の概要をつかんだ。

被害者は西村元樹。三十八歳。会社員。昨日の午後十一時ごろ、朝霞の自宅マンションの駐車場で殺害されているのがマンションの住人によって発見された。死因は、鈍器のようなもので頭部を殴打《おうだ》されての頭蓋骨《ずがいこつ》骨折。凶器は見つかっていない。その日、西村元樹は出勤日で、会社を出たのが午後七時。その後の行動はまだわかっていない。

――里見知子がついに彼を？

殺人を実行したのか。だけど、なぜ、よりによって昨日？　わたしに何の連絡もないままに決行するなんて。

有記は、ひたすら彼女からの連絡を待っていたのである。待つ以外になかったからだ。彼女の家の住所は知っているが、「報告に来い」という指示は受けていない。

里見知子から渡された記録するための機材――ビデオカメラや一眼レフカメラやボイスレコーダーなどは、クローゼットに隠してある。有記は、何だか出し抜かれたような気分になって、呆然《ぼうぜん》としてクローゼットを見ていた。殺人を思いとどまらせる間もなかったということだ。

携帯電話が鳴った。我に返り、表示を見ると、公衆電話からだ。緊張が身体を走り抜けた。

「有記さん？」

思ったとおり、里見知子からだ。

「決行したの？」

確認する声が震えた。

「裏の公園に、いますぐ来て」

有記の質問には答えずに、里見知子は新たな指示を出すと、電話を切った。

# 第九章　二つの捜査

## 1

バブル期に地上げに遭ったあと、バブルが弾けてそこだけ更地になり、やがて公園になったといううわさを耳にしたことがあるが、その小さな公園が誕生した経緯は、実はよくわかっていない。近所の住人が通り抜けするだけの水道もない公園に、里見知子は有記を呼び出した。昼時が近づいているが、高い建物のあいだにできた窪地《くぼち》のような公園には、ベンチも置かれていないため、休憩する人間はいない。

里見知子は、大きな紙袋を提げて待っていた。

「ニュース、見たわよ」

会うなり、そこから切り出そうと、有記は思っていた。

「じゃあ、話が早いわ」

里見知子は、持っていた紙袋を有記の胸に押しつけてきた。「これ、有記さんに預けるから」

「何なの？」

手に持つとずしりと重い。ビデオカメラやボイスレコーダーのほかに雑誌が入っている。

「有記さんに見せたでしょう？　兄とわたしの幼いときの映像。それから、有記さんとの会話を記録したボイスレコーダーも、スクリプターとして有記さんが取材された雑誌も」

青白い顔の里見知子は、せかせかと答えた。

「本当に、里見さんが殺したの？」

有記は、低い声で聞いた。公園というより空き地でしかないスペースには、二人のほかに人影はない。それでも、「対象者」の名前を口にする勇気はない。

「殺したから、急いでいるんじゃない」

苛立ちを含んだ声が返ってきた。

「でも、どうして、わたしに教えてくれなかったの？」

彼女は、「一人の男を殺すまでを克明に記録してほしい」と言ったのだ。少なくとも、これから彼を殺す、と決めた時点で自分に連絡がくるもの、と有記は動悸を激しくさせながら待っていたのである。自分が傍らにいれば、彼女の燃え上がった殺意の炎に水をかけて消火することもできるだろう、と思っていたのだが、それは甘かったのか。

「計画を変更したのよ」

里見知子は、有記から目をそらして言った。

「どう変更したの？」

「だから、それを知らせに急いで来たんじゃないの」

明らかに、里見知子は苛立って怒っていた。「いい？　何も言わずに、わたしの指示に従って」

どうして、という言葉を、有記はぐっと喉の奥に押し戻した。

「最初は、あいつを殺すまでを、写真やビデオなど、映像におさめて記録に残すつもりだったし、わたしの殺意そのものを、有記さんに客観的に記録してもらうつもりだった。だけど、そんなまどろっこしいことをしなくても、もうあいつを殺しちゃったんだもの、自分の言葉で語ればいい、と気づいたの。生の言葉のほうが訴える力があるから。なぜ、あいつを殺そうと思ったのか、なぜ、殺したのか。すべて、警察に話すわ。そしたら、わたしの供述がそのままマスコミに流れる。たくさん書いてほしいから、黙秘なんかしない。思う存分しゃべってやるわ。だから、もうこれは不要なの。有記さんが撮影したビデオや写真ももういらない。全部、捨ててちょうだい。録音したものも全部。有記さんは、わたしとは何の関係もない。わたしは有記さんに何も頼んでいないし、有記さんはわたしから何も頼まれていない。わたしたちは無関係。じゃあ、そういうことで。ああ、これは報酬、ギャラよ」

「待って」

まくしたてるなり、封筒も胸に押しつけてきた里見知子の腕を、有記はつかんで引き止めた。

「わたしたちは無関係って、どういう意味?」

「わからないの? 鈍いのね」

里見知子は、苦笑いのように唇を歪《ゆが》めた。「梨香ちゃんを、殺人の共犯者の娘にしたいの?」

梨香の名前を出されて、有記はハッとした。もしかして……と、混乱をきたしそうになる頭で推理を巡らせる。これは、彼女の「作戦」ではないのか。わたしと梨香を守るための。

「有記さんは、今回の事件には無関係なのよ。わたしが勝手にあいつを殺しただけ。殺したかったから、殺したの。ようやく復讐を果たせたのよ」

「どうして昨日だったの？」

昨日は、梨香の誕生日で、記念すべき定点撮影の日だったのだ。そんな大事な日に、何の連絡もなしに、彼女は勝手に殺人を決行してしまったというのか。

「チャンスが目の前にあったからよ。予定が狂って、時期が早まったから、そのあとの計画も変更した。それだけのこと。じゃあ」

里見知子は、有記につかまれていた腕を振りほどいた。

「自首するの？」

「わかりきったことを聞かないで」

少し微笑んでそう言うと、里見知子は走り去った。

2

「予定よりだいぶ早くギプスが取れて、よかったですね」

「井村《いむら》」と名札をつけたリハビリ担当の理学療法士の女性は、葵の左手をさすりながら、「一緒にがんばりましょう」と励ました。

「お手柔らかにお願いしますね」

孫娘より若い理学療法士に、葵は頭を下げた。

「ご家族の方もひととおり、リハビリの手順を見て覚えてください。おうちでもできる軽い体操もありますから」

まだ二十代と思われる理学療法士に言われ、「何しろ、もう九十近い祖母なので、くれぐれも無理をさせないようにお願いします」と、有記も頭を下げた。

ギプスが取れたその日から、「リハビリテーションセンターへ行くように」と担当医に言われ、葵の腕を取ってリハビリ病棟へと向かったのだった。ギプスで固定されていたために左腕の筋肉は細くなり、関節も固まって動きが悪くなっている。それでも、長年、映画の撮影現場で仕事を続けてきた葵は、平均的な同世代の女性に比べて体力も回復力も勝っているという。有記が仕事に出ているあいだは、基本的に家事を一手に担っている葵である。

「のちほど説明しますから」

担当の井村は見学用のソファに座った有記に言い置いて、葵の肩を支えながら、少し離れた場所へ連れて行った。広々とした明るい部屋にはリハビリ用のさまざまな器具が置かれ、角のない机と椅子が何組か設置されている。その一つに葵を座らせると、井村は隣に座って、「いいですか？　わたしと同じ動作をしてくださいね」と、やさしいが凜《りん》とした口調で言うなり、左のてのひらを上に向けた。同じようにてのひらを上に向けようとした葵が顔をしかめて、「あっ、痛っ」と声を発した。しばらく動かしていないので、手首と肘の関節が硬くなっているのだろう。

「おばあちゃま、大丈夫？」

有記が思わず飛び出したのを、

「ご家族はそこで見守っていてください。最初は、ご本人だけで」

と、井村が制止した。

何度かてのひらの向きを変える動きを繰り返させてから、気分転換のためか、井村が葵を手すりのついたスロープへと誘った。

リハビリ中の患者の中には、高齢者の男女ばかりではなく、若年層の男女の姿も目につく。片足を引きずった男性が、緩やかな上り坂を手すりにつかまりながら歩いている。交通事故に遭って怪我をしたのだろうか。三十代後半。働き盛りの年代のはずだ。

――本当に、あの里見知子が彼を殺したの？

リハビリ中の男性の姿が西村元樹のそれとだぶった。里見知子に呼び出されて、家の近くの公園で会ったのが昼前だ。午後二時から病院に予約が入っていたので、葵を連れて外出した。したがって、本人は「自首する」とは言ったが、その後、本当に警察に自首したのか、テレビに釘付けになっているわけではないのでわからない。

足の筋力を補うかのように腕に太い筋肉をつけたその男性を見ていると、有記の中で疑念が頭を持ち上げてくる。ニュースでは、西村元樹の死因は、鈍器のようなもので殴打されたことによる頭蓋骨骨折だと報じていた。華奢《きやしや》な身体つきの里見知子が、自分より身体の大きな男性を殴り殺せるだろうか。いや、大体、「これから殺そう」というときには、殺傷能力の高い刃物などを携えて行くのが普通だろう。鈍器での撲殺には計画性が感じられない。

何か変だ、どこかおかしい。釈然としない、もやもやした思いが有記の胸の中で渦《うず》巻《ま》いている。突然の呼び出しからして、唐突感が拭《ぬぐ》えない。彼女は「予定が狂った」と言ったが、まさに、彼女の想像の及ばないところで予定が狂った、という感じを受けた。

――予定が狂った？　だから、計画を変更した？

当初の計画はどうだったのか。有記は、彼女の言葉を手がかりに改めて思い起こしてみた。里見知子は、西村元樹を殺す計画を立てた。十五歳で殺された兄の無念を晴らすためであり、加害者が少年ゆえにその名前がマスコミに公表されず、公にはどこにも記録されなかったからである。その無念さや悔しさや理不尽さを世間に訴えるために、彼女は、殺意を抱いてから彼に接近し、復讐を果たすまでを克明に記録しようと思いついた。センセーショナルなやり方に世間の注目が集まる、と考えた上での行動に違いない。しかし、他人の手を借りなくては完璧な「記録」はできない。そこで、田所有記の力を借りることにした。田所有記の名前は、死んだ兄が尊敬していた映画監督、田所燐太郎からたどりついた。そこに、彼女は運命的なものを感じ、復讐は必ず果たせるもの、と確信を強めたのかもしれない。田所有記の首を縦に振らせるために身辺調査をし、離婚した夫に一人娘の親権を委《ゆだ》ねたことを知った。その一人娘である梨香の誘拐騒ぎを起こして、田所有記を脅《おど》し、結果的に、西村元樹の張り込みや尾行や撮影などを含む「記録」を、田所有記に引き受けさせた。

そして、田所有記は、指示どおりに西村元樹の日常の断片を三日間「記録」した。あとは、依頼者である里見知子の指示を待つのみになっていた。おそらく、次の指示は、里見知子が凶器を隠し持って対象者に接近する映像を撮影すること、だったはずだ……。

有記は、頭の中で映像に組み立てながら、里見知子との邂逅《かいこう》からいまに至るまでの自分の行動を顧《かえり》みた。それは、ドラマの撮影を進行させる監督の横で、撮り終えた映像をチェックする作業に似ていた。

——「記録」した映像を編集し、一本のドキュメンタリー映画を作る。

それが、里見知子の当初の目的ではなかったのか。主人公は、「成人した加害者に煮えたぎるような殺意を抱いた被害者の妹」であり、取り上げるテーマは「少年犯罪」である。彼女がそのドキュメンタリー映画にどういうタイトルをつけたかったのかは推測するしかないが、副題は、「記録されなかった名前」とでもなるだろうか。

その作業までを有記に託したかったのだとすれば、里見知子は、中途半端な形で殺人を決行してしまったことになる。

——細かな打ち合わせをしてから殺人を実行すると決めたが、その前に対象者が死んでしまった。

だから、「予定が狂った」と、彼女は言ったのではないか。

——西村元樹は、彼女が殺す前に、彼女以外の誰かに殺された?

その可能性が有記の中で膨れ上がっていく。なぜなら、里見知子からは「記録」への強烈な執念が伝わってきたからだった。殺人に至るまでを第三者に記録してもらう。それが彼女の目的だったはずだ。その目的は果たされていない。

――里見知子は、やっぱりはなから、わたしと梨香を巻き込むつもりはなかったのだ。

　同時に、その思いも強くなった。わたしの力は借りたかったけれど、任務が終わったら、解放するつもりでいたのだろう。有記は、会話を交わしたときにふと垣間見えた彼女のやさしげなまなざしを思い出した。彼女は、「有記さんは知らないほうがいいんじゃないかしら」と、必要以上の情報を与えないように配慮していたし、連絡するときは、公衆電話からかけてきて、携帯電話での連絡は控えていた。あれは、携帯電話だと双方に記録が残るからに違いない。

　そして、今日、有記との関係を匂わせるものを「捨ててちょうだい」と、すべて有記に渡したのである。それらを処分してしまえば、二人のつながりを客観的に示すものはなくなる。彼女の言葉に偽りはなかったのだ。

　――彼女は犯人ではない？

　疑惑が確信に育っていく。

「今日は、ここまでにしましょう」

井村の声がして、有記は顔を上げた。初回のリハビリを終えた葵が井村に付き添われて戻って来た。

3

「過信は禁物。今日、それが身にしみてわかったわ」

バスローブ姿の葵は、有記が絞った野菜のミックスジュースをストローを使ってひと口飲むと、ため息をついた。死んだ夫の影響を受けて、若いころからおしゃれな葵は、バスローブも何枚か持っている。

「おばあちゃま、だいぶ、しんどそうだったね」

額の汗を拭いながら、有記は言った。病院から帰り、汗をかいたからシャワーを浴びたいと言う祖母の介助をしただけで、有記自身もひどく疲れてしまった。リハビリを担当する理学療法士の苦労がそれこそ身にしみてわかる。居間のソファでくつろぐ祖母をねぎらうつもりが、自分のほうがぐったりしている。

「これでも、同世代のおばあちゃんたちより若いつもりでいたのよ。まわりからもよく言われるし。だけど、今日、それはお世辞だったんだ、って悟ったわ。わたしはもう充分年寄りで、あの世に限りなく近づいているのよ」

「何を弱気になっているのよ。リハビリはつらくてきついから、ギプスが取れたら、覚悟しておいてください。先生にそう言われていたでしょう？」

めったに弱音を吐かない祖母の言葉に、有記はふっと寂しさに襲われた。遠くない将来、確実に自分はこの家で一人になる。その現実を目の前に突きつけられた気がしたのだ。母親がわりに自分を育ててくれた祖母であり、仕事の上でも大先輩の尊敬すべき女性である。

「リハビリはちゃんとするわよ。有記には迷惑をかけるけど、毎日通うつもり。だけど、骨が脆くなっているのは事実だし、これからもちょっとしたことで転んで、怪我をするかもしれない。そしたら……」

「そのときはそのとき。おばあちゃまの面倒はわたしが見てあげるから」

明るい声で返したのは、自らも元気づけるためだった。

「わたしにはもうあんまり時間がない。そのことがよくわかったの。身体だけでなく、頭のほうの衰えも心配しなくてはならない。だから、いま、話しておかないと」

孫娘の言葉など耳に入らなかったように、葵は言葉を継いだ。

「話しておかないと……って、わたしの父親のこと？」

まだ何か隠しているのか、と有記は緊張を覚えて身を乗り出した。

「あなたの父親に関しては、このあいだ話したことですべてよ」

そうじゃなくて、と葵はゆるゆると頭を振った。「もっと恥ずかしい話をしないといけないの」

「恥ずかしい話？」

「けさ、有記は、ママが家を飛び出すきっかけが何かあったのか、って聞いたでしょう？　実は、あったのよ」

「何があったの？」

わたしの父親に関する話ではないか、という期待を有記はまだ捨てられずにいた。

「あなたのママには、腹違いの弟がいるの」

毎日動かすように、と言われた左手首をさすりながら、葵は唐突に言った。

――腹違いの弟？

腹違いという意味と、自分との関係に思い至るまでに、少し時間を要した。意味や関係性を理解しても、有記は声を発せられずにいた。

「本当に恥ずかしい話なんだけど、わたしの命のあるうちにあなたに話しておかないと、あの世で後悔する羽目になりかねないから」

そう前置きして、葵は先を続けた。「あなたの祖父、田所燐太郎は、独特の美意識を持った、才能あふれた、とても魅力的な人だったわ。だから、一緒になったんだけどね。でも、それだけに、憎たらしいほど女にもてたの。黙っていても女が寄って来て、とうとう舞台女優とのあいだに子供ができて……。もっとも、わたしが知ったのは、かなりあとのことだけど。とにかく、その事実を知ったときはショックで、一時は夫婦仲が危うくなったのよ。対外的には、おしどり夫婦を必死に取り繕《つくろ》っていたけどね」

——おじいちゃまに隠し子がいたということか。

そう心の中で言い換えて、「だけど、おばあちゃまは、家を出て行かなかった。おじいちゃまを許してあげたのね」と、有記は言った。

「許す、許さないじゃなくて、わたしたちは夫婦でありながら、男女を超えた同志みたいな部分もあったから、時間がたって自分の心が解けるのを待つしかなかったの。だけど、あなたのお母さんは違った。あの子が父親を嫌悪して、反発を覚えるのは当然よね。『お父さんが好き勝手なことをするなら、わたしだって好き勝手にするから』と言い捨てて、家を飛び出して行ったわ」

「ママの腹違いの弟、と言ったよね。その人はいまどこにいるの？」

「会ったことはないけど、名前はわかるの。どんな仕事をしているのかも。自分の母親と同じ道を進んでいるわ。劇団に所属して、ときどき舞台に立っている。地味な脇役だけど、テレビドラマにも出ているわ。時代劇なんかにもね。母親のほうはとっくに引退して、谷中《やなか》で小料理屋を開いていたみたいだけど、何年か前に亡くなったわ」

そう説明しながら、葵が右手で字を書く動作をしたので、有記は急いでメモ用紙と鉛筆を用意した。テーブルにメモ用紙を置いて、動かないように手で押さえると、葵が鉛筆を握った右手を紙の上で動かした。片手が不自由になると、利き手にも力が入らなくなるものらしい。痛々しいほど筆力が弱い。

「劇団民芸座《みんげいざ》の勝又幸太郎《かつまたこうたろう》」

有記は、葵が書いた名前を読み上げた。劇団の名前は知っている。代表者の俳優は、ベテラン男優としてテレビや映画で活躍中だ。「燐太郎に幸太郎。おじいちゃまの名前から二文字をもらってつけたのかしら」

夫が愛人に産ませた子供である。有記の言葉をひとりごとのように聞き流して、葵は黙っている。

「ママの腹違いの弟ってことは、わたしには、叔父《おじ》さんに当たるわけよね。わたし、この人に会ったことがあるかもしれない」

「えっ？」

一瞬、葵の目が戸惑いの色に揺れたが、「そうかもしれないわね」と、すぐに何か腑《ふ》に落ちたような表情に変わった。「いつだったか、『わたし、弟に会ったのよ』と藍子が不意に言ったことがあってね。有記がまだ小さいころだったとか。あちらから連絡があって、会いに行ったんですって。京都の撮影所で、時代劇の撮影中だったとか。会ってみたら、意外と気が合ったようなことを言ってた記憶があるけど……。燐太郎さんの子供で、藍子の腹違いの弟でも、わたしにとってはまったくの赤の他人。現実を認めたくなくて、わたしは詮索しなかったわ。話題にするのさえ我慢できなくて。だから、その後、藍子が彼とどういうつき合いをしていたのか、わからなかった。藍子の葬儀には顔を出してくれたけど、わたしが彼に会ったのはそのときだけ。もちろん、話もしなかったわ」

――あのとき会った人は、父親ではなくて、「叔父さん」だったのね。

記憶をつかさどる領域の片隅にひっそりと棲《す》み続けているあの光景が、有記の中にいま鮮やかによみがえってきた。和室がいくつも連なった家に行き、襖に大きな墨絵が描かれた部屋で、大人の男の人の腕に抱かれた記憶。たくましく温かい腕の感触。あれは、藍子が腹違いの弟に会うために撮影所に行ったときのものだったのだろう。

「あなたのおじいちゃまも相手の女性も、二人ともうこの世にはいないのだから、時効なのにね。許してあげてもいいのに、おかしいでしょう?」

葵は、気が抜けたように笑って、黙っている有記に聞いた。

夫の裏切りに遭って、嫉妬に胸をかきむしられるような日々を過ごしていたのだろう。そう察して、有記は静かにかぶりを振った。祖母の顔に刻まれた何本ものしわに歴史の重みを感じた。人生という時間が顔に記録されるのだ、とふと思う。

「本当は、こんな恥ずかしい話はお墓まで持っていくつもりだったんだけど、有記にはきょうだいがいないし、一人娘の梨香とは一緒に住めない事情があって、わたしが死んだら、この家にあなた一人になるでしょう? それじゃ、あまりにも寂しすぎる。腹違いとはいえ、母親の弟がいたら、どんなにその存在が心強いものか。おじいちゃまの相手の女性も控えめで心やさしい人だったけど……というのは、おおっぴらに何かを要求してこなかったという意味でだけど、彼女の息子、つまり有記の叔父さんもとても穏やかでやさしい人みたいね。まあ、それは、人づてに聞いた話にすぎないけどね」

「叔父さんに……会ってもいいの?」

遠慮がちに有記は聞いた。葵にとってはまったくの赤の他人でも、有記にとっては、祖父の血を引いた子供であり、母と血を分けたきょうだいである彼——勝又幸太郎と会ってみたい気持ちが膨れ上がっていく。

「会うな、と言う権利はわたしにはないわ」

どうぞ、とは言わず、葵はそんな言い方で許可した。

「もしかしたら、ママは、父親のことだけでなく、その叔父さんのことも、いずれ娘のわたしに打ち明けるつもりだったのかもしれないわね」

そのはずだ、と有記は思いたかった。

「もうこれで、心残りはないわ。あなたにしっかり口頭で伝えたから。いつ死んでも、ううん、その前に、いつボケても大丈夫」

最後にそんな冗談を放って、葵は笑った。

4

「用があったら、ブザーで呼んでね。ここにお水を置いておくから」

いつものように声をかけて、部屋のドアを閉める。ベッドの柵にブザーを取り付けてある。夕食を済ませたあと、左手のリハビリにつき合って、トイレに付き添い、早めに就寝する祖母を一階の部屋まで送り届けた。これから休暇の終わりまでは、病院の送り迎えと付き添いの日々になりそうだ。

有記は二階の自室へ行き、パソコンとテレビを同時につけた。ネットのニュースをチェックしてみたが、朝霞で起きた殺人事件の続報は見当たらない。里見知子が警察署に出頭して来た、という情報も得られない。

――自首するはずではなかったの？

いま、この瞬間、里見知子は、どこで何をしているのか。彼女の行動が気になる。しかし、さらに気になることが増えた。母親の腹違いの弟の存在だ。勝又幸太郎。その名前の俳優は記憶にないが、撮影を通じてどこかで会っているかもしれない。有記と同じ業界に生きている人間と言ってもいいからだ。

――勝又幸太郎は、ママの腹違いの弟。幼いわたしとも会っている。それなら、わたしの父親についても何か知っているかもしれない。

強力な手がかりを得られた、と有記は思った。だが、いますぐ、父親捜しに着手できるわけではない。

もっとも気がかりなことが目の前にある。有記は、ベッドの上に置いたままの封筒に顔を振り向けた。「ああ、これは報酬、ギャラよ」と、里見知子が胸に突きつけてきた封筒だ。ちらりと中をのぞき、一万円札が入っているのを見ただけで、軽い驚きとともに戻しておいたものだった。最初からギャラなどもらうつもりはなかった。もともと休暇中なのである。強引なやり方で彼女の計画に引き込まれたのは事実だが、「自分の殺意としっかり向き合い、きちんと記録したい」という彼女に共感を覚え、スクリプターとしての自らの好奇心も手伝って、特殊なドキュメンタリー映画の製作に協力したにすぎない。

封筒を取り上げ、中身をあらためる。一万円札を引き出すと、五枚入っている。時給二千円で一日三時間まで、と彼女は言ったが、充分すぎる金額だ。

――こんなのは、もらえない。

封筒に戻そうとしたとき、札のあいだから何かがはらりと落ちた。小さな白い紙切れ。

コンビニエンスストアのレシートだった。有記もよく利用する大手コンビニのチェーン店名のあとに、「百人町南店」とある。印刷された日付は六月十七日で、時間は二十二時五十分。

「昨日の日付じゃないの」

驚愕の感情がひとりごとにつながった。

――どうして、こんなものがここに？

ちょっと推理を巡らせただけで、もっとも可能性の高い状況に思い当たった。里見知子がコンビニで買い物をして、財布にレシートをしまったのではないか。その後、財布から一万円札を引き出したときに、あいだに挟まっていたレシートも一緒に引き出され、この封筒におさめられたのだ。

――彼女は、昨日、夜の十一時ちょっと前に、自宅近くのコンビニにいた？

埼玉県の朝霞市で西村元樹の他殺体が発見されたのは、報道によれば、昨夜の十一時ごろだった。人通りのまったくない駐車場というわけでもないだろうから、殺害されたのは発見された直前と考えていいだろう。犯行時間帯は、十時半から十一時か。殺人事件の続報が得られないので、死亡推定時刻などに関してはっきりしたことはわからない。しかし、夜の十時五十分に新宿区内のコンビニで買い物をしていた人間が、その三十分前に埼玉県の朝霞市にいるのはむずかしいだろう。店の防犯カメラにも買い物をした里見知子の映像が記録されているかもしれない。

――やっぱり、彼女は犯人じゃない？

このレシートは、彼女のアリバイを証明する立派な証拠になる。喉の渇きを覚えながら、有記はレシートを封筒に戻した。

「いま入ったニュースです」

つけっぱなしのテレビから女性キャスターの声が流れてきた。深夜のニュースを担当する美脚で有名なベテランキャスターだ。

「朝霞市で会社員の西村元樹さんが殺害された事件ですが、今日午後七時ごろ、三十代の女性が朝霞東署に『自分が殺した』と出頭して来ました。女性は、東京在住のフリーライターと言っており、朝霞東署では、くわしい話を女性から聞いているということです」

——里見知子だわ。

やはり、警察署に自首したのか。いや、そうではない。彼女は犯人でない可能性が高いから、これは自首とは言わないのだ。殺してもいないのに、なぜ、自分が殺したとうそをついたのか。ニュースでは、彼女の名前を発表していない。彼女は名乗ったはずだ。彼女が犯人だとすぐには決めつけられない何かを、警察も感じ取ったのか。たとえば、凶器の曖昧さなどが問題になったとか。あるいは、遺体が発見された場所付近に設置されていた防犯カメラに真犯人に結びつく何かが映っていたとか。それで、彼女をまだ犯人とは断定できず、それで、「自首」という呼び方もできずにいるのか。

混乱した頭の中で、さまざまな憶測が飛び交う。

重要なのは、彼女の無実を証明するかもしれないこのレシートの存在だ。それだけは確実だと悟って、有記は、レシートが入った封筒を強く胸に押し当てた。

# 第十章　告白

## 1

「わたしは、都内在住のフリーライターです。わたしは、六月十七日の夜、埼玉県朝霞市のマンションの敷地内で、一人の男性を殺害しました。動機は、復讐です。二十三年前、中学三年生だったわたしの兄は、その男性に殺害されました。兄の無念を晴らすために、わたしはこの手で彼を殺し、復讐を果たしたのです。殺人を犯したことを、わたしは少しも後悔していません。兄も天国で喜んでくれていると思います」

自分と同世代と思われる女性が、熱のこもった口調で語っている。

この映像を見るのは二度目だが、彼女の「告白」を最初から終わりまで聞いたのははじめてだった。昼過ぎにテレビをつけたら、突然、モザイクをかけられた女性の顔が目に飛び込んできた。最初は、何かの事件の再現ドラマの一部かと思ったが、そうではなかった。「兄も天国で喜んでくれていると思います」と語った女性の映像が消えたあと、すぐにスタジオに切り替わり、番組の女性司会者がこうコメントしたので、美世子は驚いた。

「この映像が郵送されてきたのは、今日の午前中でした。調べたところ、複数のテレビ局に同じ映像をおさめたDVDが届いていました。この女性が、室内にビデオカメラをセットして、カメラの前で椅子に座った自分の姿を撮影し、DVDにコピーしたもののようです。わたしたちは、朝霞市で起きたという殺人事件について独自に調べてみましたが、六月十七日、つまり一昨日ですが、実際に殺人事件は起きていました。諸事情を鑑《かんが》みて、被害者の名前をここで申し上げるのは控えますが、昨日の夕方、朝霞東警察署に一人の女性が出頭して来たというのもまた事実です。現在、フリーライターだというこのビデオの女性と出頭して来た女性が同一人物かどうか調べています」

前代未聞の殺人事件には違いない。画面を通じて伝わってきた女性の全身から漂う妖気のようなものが、一瞬にして、視聴者の一人である美世子の心をとらえてしまったのかもしれない。目鼻立ちはわからなかったが、ショートカットの髪型や全体の印象が、どことなく有記を想起させた。フリーライターとスクリプター。会社に属さずに、実力だけで仕事を得ている職業という点も有記と共通している。行動力や機転や度胸を求められる仕事でもある。兼業農家に生まれた美世子は、農作物の収穫が天候に左右され、収入が不安定で家族が嘆《なげ》く様を見て育った。だから、自分は将来、絶対に会社勤めをしようと心に誓った。結婚相手の男性も、間違っても脱サラして事業を始めようと思わないような堅実な男性を選んだ。それが、俊作だった。しかし、俊作は、最終的に同じ価値観の美世子を選んだとはいえ、最初の結婚相手は、番組ごとにテレビ局と契約するフリーのスクリプターである有記だったのだ。一度は、自分の対極にいるような女性を愛した俊作である。梨香を産んだ母親として、離婚したあとも関係は続いている。

有記との共通点から注目したこの女性がひどく気になって、美世子は家事をしながら、ほかのチャンネルもチェックしてみた。そして、彼女の全告白をようやく聞くことができたのである。

「この映像を公開するべきかの判断は、局内で検討を重ね、『テレビで公開してください。でないと、わたしは死んでも死にきれません』と、自殺を匂わせるようなメッセージが添付されていたため、顔を鮮明にしない映像での放送に踏み切りました。また、ビデオを送ってきた女性が警察に出頭したという情報を入手したことで、この映像で女性が語っている内容は創作ではなく、限りなく事実に近いものという判断を下しました。この女性が、少し前まである雑誌の紙面を担当していた三十代のフリーライターであるのも確認できています」

普段は、お笑い芸人を交えて軟らかい話題を中心に、笑顔で番組を仕切っている男性タレントが、正面を向いておかしなほどまじめな顔でしゃべっている。

「この女性の殺害されたお兄さんは、二十三年前は中学三年生だったとか。とすると、殺されたという女性のお兄さんは、当時、十四、五歳だったでしょうか。朝霞で殺害された男性の年齢から推察すると、被害者の男性も当時同じ年齢だった可能性が高いです。つまり、少年犯罪というわけです。それで、当時の加害者の名前がマスコミに公表されなかったのですね」

司会者にコメントを求められた男性評論家がしたり顔で言った。数年前に社会学者としてマスコミに登場し、現在では芸能や風俗、ファッションまで幅広い分野で活躍中の評論家だ。

――少年犯罪？

小学生の子供を持つ母親として、無関心ではいられない。美世子は、朝霞で起きたという殺人事件の記事を新聞から探した。月末に回収業者に出すために、台所の隅に新聞をストックしてある。その記事は、昨日の夕刊に載っていた。

朝霞市内のマンション敷地内で殺害された男性は、西村元樹という名前で、年齢は三十八歳。二十三年前というと、十五歳、中学三年生である。

――被害者も加害者も中学生？

記憶にない事件だが、その事件が世間に与えた衝撃はどれほど大きかっただろう、と美世子は想像した。だが、そう思う一方で、〈世間は、その衝撃をすぐに忘れてしまったのではないか〉という危惧も抱いた。そこには、少年犯罪特有の事情がある。加害者でありながら、未成年ゆえに少年法で保護され、名前や写真が公表されない。それだけ、人々の印象に残らないということだ。したがって、事件そのものも記憶にとどまりにくい。何か大きな事件があったというぼんやりした記憶が脳裏に刻まれるだけである。

――それにしても、なぜ、こんな大胆なことを？

生き方はまるで違っていても、テレビの前で告白したこの女性に、美世子は、同じ三十代の女性として強烈に惹かれてしまったのかもしれない。

インターフォンのチャイムが鳴って、美世子の意識はテレビから離れた。梨香が学校から帰る時間帯だ。すぐさまテレビを消す。今日は、ピアノのレッスンのある日だ。

「お帰りなさい」

マンションのオートロックを開錠し、梨香がエレベーターを降りるころを見計らって、玄関に迎えに出る。四年生になればクラブ活動や児童会活動も始まるが、三年生までは放課後何も活動がないので、下校時間が早い。

「ただいま」と、応じる梨香の声が沈んでいる。

「どうしたの？　学校で何かあった？」

梨香の顔色を見ただけで、その日の学校での過ごし方が察せられるようになった。

「別に何でも」

美世子と目を合わせようとはせずに、梨香はランドセルを背負ったまま洗面所へ行く。こんな言い方、いままでしていたかしら、と美世子はかすかな不安に襲われた。

小学校の高学年になるころには、口調がだんだん大人びていき、それにつれて母親を疎ましく感じるようになる、とどこかの教育雑誌に書いてあったのを思い出す。実の母親でさえ疎ましいのだから、血のつながらないわたしは一体どうなるのだ、と背筋の寒さを覚える。

「今日はピアノだけど」

洗面所のドア越しに声をかけると、

「わかってる」

と、怒ったような声が返ってきた。

ダイニングテーブルにおやつを用意していると、手を洗った梨香がやって来て、

「今日、行きたくないな」と、顔を曇らせて言った。

やっぱり、そうか。梨香の不機嫌さの原因がわかって、美世子は少し安心した。同じマンション内の違うフロアのピアノ教室に梨香を通わせている。先週、どこまで上達したかを確認しようと顔を出したとき、「梨香ちゃんに、毎日十分でもピアノに触れさせるようにしてください」と、音大を出たという講師に言われたのだ。それをそのまま梨香に伝えたら、「だって、忙しいんだもん」と、膨れっ面をされてしまった。ピアノの稽古があまり好きではないことには気づいていた。腰が重くて、なかなか電子ピアノの前に座ろうとしないのだ。だが、小さいころにピアノを習わせてもらえなかった美世子は、自分の子供にはピアノを習わせるのが夢だった。このマンションに越して来るなり、週に一度、火曜日をピアノの稽古の日と決めた。マンション内の教室のほうが通わせやすい。

「行きたくないのは、ちゃんと練習していないからでしょう?」

プリンを食べ始めた梨香に言い、美世子は居間の電子ピアノへ視線を移した。いずれは本物のピアノを買ってあげないと、と思っている。が、そうするには、俊作に相談しないといけない。アップライトピアノは場所をとるし、中古でも価格が高い。

「行く前に少しでも練習すれば？　まだ時間があるから」

そう促した美世子に、

「ちょっとやればうまくなる、ってもんじゃないの」

と、梨香が苛立ったように声を荒らげた。

「じゃあ、うんと練習すればいいでしょう？」

「簡単に言わないでよ。ミーマはピアノ、習ったことある？」

「ないけど」

「じゃあ、わかんないよね」

ため息をつかれると、言い返せない。

「何で、ピアノを習わなくちゃいけないの？」

「何で、って……音感を養ったり、心を豊かにしたり、それから……」

女の子のたしなみ、と続けようとしたが、そう言っても梨香には通じない。自分が習えなかったから子供には習わせたい。それが本音だから、言うわけにはいかない。

「ピアノなんか、好きじゃない」

梨香は、放り出すように言った。「どんなに練習しても、全然うまくならない。全然楽しくない」

「何でも上達するには苦労が伴うものよ。努力しないと、何だってうまくなんかならない。努力する大切さを知るためにも、ピアノは習っておいたほうがいいのよ」

「別に、ピアノじゃなくてもいいじゃん」

「じゃあ、何をしたいの？」

「サッカーとか」と、梨香はあっけらかんと答える。

「サッカー？」

呆れたのとがっかりしたのとで、美世子の身体から力が抜けた。やっぱり、とふたたび内心でうなずく。もともと外で遊んだり、身体を動かしたりするのが好きな子だとは思っていたが、ピアノの前に座って鍵盤《けんばん》を叩くよりも、サッカーのボールを蹴っているほうが性に合っている子なのだろう。合唱コンクールでピアノの伴奏を担当するような子になってくれれば、と夢を描いていたが、どうやらそれは無理な注文のようだ。

——誰に似たのか。

そう愚痴《ぐち》りたくなってしまう自分に気づき、美世子はハッとする。誰に似たのも何も、梨香を産んだのは有記さんだ。わたしは、梨香の背後にいる彼女の影に怯えているのではないか。無理やりピアノを習わせているのも、彼女への対抗心からか。わたしは、「素直でおとなしくて、勉強ができるいい子」に、梨香を育てようと躍起になっているのかもしれない。

「とにかく、今日は我慢して行ってね。それから、続けるかどうか、改めて決めようね。本当に、練習しても全然うまくならないものなのか、先生にも相談してみるから」

そうなだめすかして、とりあえず今日は、と梨香を二階のピアノ教室へ連れて行った。先生に話をするために一緒に中に入ろうとした美世子を「やめて」と止めて、「一人で帰れるから」と、梨香はさっさと教室に入ってしまった。

2

五十分のレッスンを終えて、梨香は家に帰って来た。

「どうだった？」

夕飯の準備をしながら、美世子が台所から声をかけると、

「別に」

と、そっけない返事が戻ってきた。梨香は居間のソファに身体を投げ出し、くつろぐというよりだらけた姿勢をとっている。ピアノの講師から練習不足を注意されたのだろう。

「土日にたくさん練習したら？」

「だって、パパが来るもん」

「パパが来たって、練習できるでしょう？」

「どこか遊びに連れてってくれるって」

「それにしたって、ピアノを弾く時間くらいあるでしょう」

いちいち反論してくる梨香に腹が立った。

「ユーマも小さいころピアノ習っていたけど、小学校でやめたんだって」

いきなり有記の話題を出されて、美世子は当惑した。梨香が計算した上で、産みの母親の話題に触れたのだとしたら、素直だと思っていたこの子に狡猾《こうかつ》さが生まれたということか。

「このあいだ、そういう話をしたの？」

定点撮影の面会日に、久しぶりに会った有記とどんな会話を交わしたのか、あえて美世子は聞かなかった。

「ユーマが話してくれたよ」

「ほかに、何を習っていたと言ってた？」

小学校時代の有記に関する情報は、梨香の口を通してしか知ることはできない。

「バレエを習っていたけど、それも、すぐにやめちゃって、中学に入ってからはバスケットボール部で、高校でも続けたんだって」

「そう。中学、高校と、バスケ部に所属していたのね」

有記さんらしい、と美世子は思った。彼女の活発な性格が梨香に受け継がれたのだろう。

「ミーマは、ずっとお習字を習っていたんだよね」

梨香の関心が育ての母親に移った。硬筆や習字の自宅学習には美世子がつき合っているので、梨香は美世子の書道の腕前を知っている。

「そうよ。大学でも続けたわ」

だからね、とこの機会をとらえて、美世子は軽い説教へとつなげた。「一つのことを長く続けるって、すごく大切なことなのよ。そのときはつらかったり嫌《いや》だったりしても、あとで『よかった』と思うときが必ずくるの」

「自分に合ったことならね」

だが、梨香はひどくしらけた口調でそう切り返し、「四年になったら、サッカークラブに入りたいな。でも、卓球もいいし、バドミントンもやりたいし、迷ってるんだ」と、話題を学校のクラブ活動へと転じた。

「それは、まだ先の話だから」

美世子はため息をついて、梨香の興味が際限なく広がるのを止めた。「とにかく、ピアノはもう少し続けましょうよ。ねっ」

梨香は「うん」とは言わずに、黙ってリモコンをテレビに差し出した。いきなり、見憶えのある女性が画面に現われて、美世子はギクッとした。視聴者に向かって殺人を告白したあのフリーライターの女性だ。

彼女の映像を背景に、スタジオの横長の机に座ったアナウンサーやタレントや評論家たちが何やら談義している。

「英会話の勉強、しましょうか。録画してあるから」

美世子は、リモコンを使ってビデオの画面に切り換えようとした。殺人の告白の場面など九歳の子供に見せたくはない。週に一度、子供向けの英会話の番組が放送されているが、その番組を撮りためてある。

「あの女の人。公園に来た人だよ」

ソファに座っていた梨香は、弾かれたように身体を起こすと、テレビ画面を指差した。

「えっ、誰？」

美世子の視線は、真っ先にスタジオの女性に注がれた。三十代の女性アナウンサーとママタレントとしてもてはやされている元アイドル。

「あの後ろの人」

と、梨香が説明したとき、映像が例の「告白」画面に切り替わった。「ああ、この人」と、梨香が言い換える。他局より長時間流したほうがスクープとしての迫力が増すと考えているのか、「告白」の場面が繰り返し流れている。

「梨香を『ハピカ』に連れてった人？」

「そうだよ」

「本当にこの女の人なの？　顔がよくわからないでしょう？」

人違いではないのか。

「このおばさんだよ」と、梨香は、美世子と同じ三十代の女性をつかまえて「おばさん」と呼び、「だって、あのときと同じ服を着ているし、声が同じだもん」と言った。

胸が大きく脈打った。まさか、という思いを苦い唾液とともに呑み込む。梨香の記憶力はすぐれている。幼稚園のときに読み聞かせた絵本の内容を、驚くほど憶えていたりする。それに、あの日、梨香はかなり長い時間、その女性と行動を共にしていたのである。『ハピカ』で一緒に買い物までしているのだ。話し方や声を憶えていても不思議ではない。

「この人、誰？　女優さん？」

どう答えたらいいのか。

「ミーマ、知らないの？」

黙っていると、梨香が眉根を寄せる。公園に梨香を迎えに来た女性は、「ママに頼まれて来た」と、そのとき告げているのだ。美世子もそれを否定しなかった。

「あのね、この女の人は、ユーマが知っている人なの」

有記の名前を出して逃げた。

「じゃあ、やっぱり、さっきの人は女優さん？」

コマーシャルが流れていて、映像はすでに消えている。

「ええ、そうよ」

テレビ関係の仕事をしている有記は、女優の知り合いも多いだろう。「一緒に写真を撮ったとき、さっきの女の人のことをユーマに聞かなかったの?」

「聞かなかった」

梨香は、また不機嫌そうに答える。やはり、成長に伴って、実の母親に対する遠慮や思いやりが生まれてきているのだろう。

「じゃあ、ミーマから確認しておくからね」

美世子はそう言って梨香を安心させて、英会話の番組の録画映像に切り換えた。

——有記さんは、あのフリーライターの女性とつながりがあるはず。

なぜ、彼女が梨香を公園から連れ出すという誘拐まがいのことをしたのか、有記に確認しないといけない。その不審な行動と今回の殺人事件とは関係があるのか。有記はどうかかわっているのか。

だが、その前に、梨香の父親に連絡しなくてはならない。

3

昨日に続いて、今日も葵を病院に連れて行き、リハビリ訓練を受けさせた。病院から帰り、「はりきりすぎて疲れたから、ちょっとお昼寝するわ」と言う葵を部屋で休ませてから、二階の自室へ行き、テレビとパソコンをつける。病院へ行く直前にテレビをつけたら、里見知子が出ていて、有記は心臓が止まりそうなほど驚いた。顔にぼかしが入っていたが、その声と髪型や顔の輪郭ですぐに彼女だとわかった。彼女は、アナウンサーのように正面を見据えて、「殺人を犯したことを、わたしは少しも後悔していません。兄も天国で喜んでくれていると思います」と、静かに語っていた。葵の気配がしたのでテレビを消し、すぐに外出したのだが、病院にいるあいだもずっと映像の彼女が気になっていた。途中、担当の井村に断って、リハビリテーションセンターを離れた。病院の外に出て、携帯電話でネットに接続してみた。検索の結果、里見知子がテレビを通じて何を語ったのか、全内容がほぼ把握できた。彼女は、六月十七日の夜に朝霞で男性が殺害された事件の犯人だと告白し、都内に住んでいることもフリーライターという職業も明らかにしている。殺人の動機は復讐だと明言しているが、殺した男性の名前は口にしていない。二十三年前に、自分の兄がその男性に殺害され、その復讐を果たしたのだと語っている。

ビデオカメラの前で殺人を告白している映像のDVDが、複数のテレビ局に郵送されてきたという。被害者が西村元樹であるのは間違いないだろう。

――里見知子は、西村元樹を殺していない。

有記は、朝霞で起きた殺人事件を知ってからの彼女の行動を推理してみた。自分を犯人に仕立てるためには、凶器などの客観的な証拠が必要である。が、犯人でない彼女は凶器を入手することもできなければ、特定もできない。それで、殺人を告白する自分の姿を撮影して、その映像をテレビに流してもらう、という手っ取り早い方法を思いついた。ショッキングな内容にテレビ局が飛びつき、視聴者の関心を惹きつけられると考えたのだろう。被害者である西村元樹の名前をぼかすことによって、テレビ局は放映しやすくなる。被害者と加害者の関係から、二十三年前の殺人事件が少年犯罪というカテゴリーに分類されるとわかってしまうからだ。そして、映像をコピーしたDVDが各テレビ局に届く前に、彼女は警察署に「自分が犯人だ」と名乗り出る……。

――彼女は、昨日、わたしを近所の公園に呼び出したあと、家に戻ったのだろう。自分をビデオ撮影する時間と、その編集作業に要する時間がほしかったのだ。

犯人でもないのに犯人だと名乗り出た彼女は、これからどうなるのだろう。自首したと見なされて、このまま犯人にされてしまうのか。取り調べの過程で、「自白」の力は大きいという。有記に膨大な映像の記録を依頼した里見知子なのに、自分の姿はわずか五十秒の映像に記録したにすぎなかった。皮肉な話だ、と有記は思った。予定外の事態が生じたため、そうする以外に目的を果たす手段がなかったのだろう。

――マスコミの関心を二十三年前の殺人事件に惹きつけ、当時の加害者の名前を人々の心に喚起させる。

完璧な形ではなかったかもしれないが、とにもかくにも、里見知子の思いどおりの結果になった。いまはまだ、一般視聴者は、朝霞の殺人事件の被害者が二十三年前の殺人事件の加害者と同一人物だとわかっていないかもしれない。だが、それも時間の問題だ。当時、少年だった被害者やその家族の人権を配慮して、マスコミはすぐには氏名を公表しないだろう。しかし、ネット上ではそんな配慮は不要だ。被害者の西村元樹は、中学時代に同級生を殺した男であると、誰かがすぐさま突き止めるだろう。そして、西村元樹の旧姓――渡部――も同時に暴かれるはずだ。里見知子がネットの力を利用したのは間違いない。

ビデオカメラの映像をテレビ画面に映し出す準備をしながら、「それで、充分じゃないの」と、有記はつぶやいた。いまこの瞬間、警察署にいる里見知子に向かって言ったのだった。目的を果たしたのだから、それで充分ではないか。犯人でないのなら、犯人でないと言うべきだ。殺してもいないのに、「殺した」とうそをついてはいけない。

——西村元樹を殺した真犯人がいるはずだ。

里見知子に頼まれて、西村元樹の中学時代の友人、山根を隠し撮りした。その後、西村元樹本人の日常の断片も撮影した。それらの映像をテレビ画面で見ながら、有記は手がかりを探した。

映像を繰り返し何度も見たのは、見落としがないかどうか、確認するためだった。凶器を持った不審人物が映り込んでいるわけがない。見る前から、接触すべき人間はわかっていた。現在、小学校の教師になっている山根と、西村元樹の車の助手席に乗っていた女性、その二人である。長時間の撮影だったので、山根の顔はくっきりと映っている。だが、女性のほうは横顔をとらえただけで、正面を向いた顔の映像はない。

写真に残すための鮮明な映像を探していると、壁のブザーが鳴った。階下の葵がブザーで有記を呼んだのだ。

昼寝をしていたはずだが、目覚めて急に不安になったのか。夜間以外、めったにブザーを押さない祖母だけに、何かあったのか、と胸がざわついた。

「おばあちゃま、どうしたの？」

階下に行き、部屋のドアを開けると、葵がベッドに身を起こしている。

「あ……ああ、まだ昼間だったのね。何だか、夜中のような気がして」

葵は、目をしょぼしょぼさせて、頭をゆっくりと振った。やはり、少し寝ぼけたようだ。

「何か飲む?」

六月だというのに、ここ数日真夏のような暑い日が続いている。高齢者にはこたえる暑さだ。年をとると、喉の渇きも感じにくくなるという。

「大丈夫」

軽く首を振って、「ねえ、あのテレビの女性、うちに来た?」と、葵は唐突に聞いてきた。

「テレビの女性?」

里見知子のことか。有記は、軽く息を呑んだ。

「夢で見たのかと思ったけど、あれは夢じゃなくて、テレビで見たのね。このあいだ、家に来た人って、フリーライターの女性じゃなかった? ほら、あなたを取材したいとか言って」

「あ、ああ。あの人ね。そう、フリーライターだけど」

病院に行く前に、ついていた居間のテレビでちらっと見たのだろう。

「テレビに出ていた人？」

「テレビに？　ああ、あの人とは違うわ。声が違うもの」

そんな言い方でごまかせるだろうか、と有記は不安になったが、

「あら、そうなの」

拍子抜けするほどあっさりと、葵は騙《だま》されてくれた。葵は、家の中で里見知子とは顔を合わせていない。

「だけど、いきなりどうしたの？」

「目が覚めたら、急に思い出してね。でも、夢で見たのかテレビで見たのか、どちらなのか、わからなくなってしまって。やっぱり、年のせいかしら。人の名前もすぐに忘れちゃうの」

夢の断片を追い払うように、葵はふたたびゆっくり頭を振って、苦笑した。

「そんなことないよ。わたしだって、テレビを見ていて女優さんの名前がとっさに出てこないことはよくあるし」

有記はそう言って慰めたが、内心ホッとしていた。

――叔父さんのことを聞いておいてよかった。

孫娘に大切なことを口頭で伝えたという安心感から、葵の記憶力は急激に低下し始めたのかもしれない。夢と現実の区別がつきにくくなり、頭が混乱しているのだろう。とはいえ、テレビでちらりと見ただけのフリーライターの女性と家に来た里見知子を結びつけてしまうのだから、年寄りだからといって侮《あなど》れない。フリーライターという言葉に敏感なのか。

人間は、忘れてはいけない大事なことは、紙に書き残しておくものだが、人に知られてはまずいような内容の場合は、自分の脳だけに記録しておこうとする。したがって、脳に異常が起きれば、その記憶は失われてしまう可能性が高い。だが、有記は、祖母の脳が正常に機能していたあいだに、叔父についての情報を得ることができたのだ。改めて、祖母の英断に感謝した。

ふと見ると、葵は目を閉じてまた眠りの世界に入っている。そっとドアを閉めて、廊下に出る。二階に戻ると、机の上で携帯電話が鳴っている。液晶画面に「元夫」という二文字が表示された。

喜ばしい電話であるはずがない。身構えて「はい、田所です」と応じると、「確認したいことがあるんだけど」と、元夫は挨拶も抜きに、荒い息をしながら切り出した。「都内在住のフリーライターって、君の知り合い？　いまテレビに映像が流れている女性」

こちらも、里見知子だ。彼女一人が世の中をいかに引っかき回しているかがわかる。

「なぜ、そんなことを聞くの?」

背後に美世子がいる、と直感した。

「梨香が偶然、テレビを見ていて気づいたらしい。テレビの中の女性を指差して、『公園に来た女の人だ』と言ったという。声と服が同じだとか。あの女が何者か、君も知っているだろう?」

「人を殺した、と視聴者にテレビを通じて告白した女性ね」

梨香に見られてしまったのは想定外だが、情報が氾濫《はんらん》するネット社会に生きていて、必要な情報だけに触れさせるのは至難の業だ。むしろ、人の服装や声を正確に記憶していた梨香に感心した。さすがわが子だ、と場違いの感慨に浸る。

「人を殺した女なんだろう? どうして、そんな殺人犯が梨香の前に現われたんだ。やっぱり、君が差し向けたのか?」

「違うわ」

二重に違う、と有記は心の中でつけ加えた。わたしは、彼女を差し向けてもいないし、そもそも彼女は人を殺してもいない。

「だけど、君の知り合いなんだろう？」

その問いに対しては、即座に否定できなかった。美世子に呼び出されて会ったとき、「梨香には二度と手出しをさせない」と約束したのである。

「梨香のことは心配しないで。大丈夫だから」

「なぜ、そう言い切れる？」

「美世子さんに聞けばわかるわ」

「どういう意味だ」

「だから、奥さんに聞けばわかる。そう言ってるでしょう？　それとも、いまの奥さんの言葉も信じられないの？」

思いきり皮肉をこめて切り返し、その勢いで有記は電話を切った。美世子が俊作に電話をさせたのだろう。二人に信用されていない自分が情けなく、無性に腹が立った。

こうなったら、何が何でも里見知子の無実を証明してみせる。そう意気込んで、有記はパソコンの前に座った。犯罪を扱うサイトをのぞくと、「少年犯罪」や「二十三年前の事件」などの里見知子に関する用語が含まれた掲示板が複数見つかった。

「西村元樹の旧姓は、渡部」

里見知子がマスコミに登場する前は入手困難と思われた情報も、いまでは簡単な操作で誰でも引き出せる。西村元樹の過去を知る人間が正義感に駆られてなのか、単なる好奇心からなのかわからないが、自分だけが知っている情報をいち早くネットに流出させたのだろう。事件後に西村元樹が大検を受けて合格し、都内の有名私立大学に進学した情報を書き込んだ者もいる。

殺人事件の被害者でありながら、西村元樹のプライバシーがどんどん暴かれていく。

――マスコミの力を借りて、西村元樹の名前をあらゆるメディアに記録させる。

里見知子のその目的は、見事に達せられたわけだ。

「もう充分でしょう?」

目の前にいない彼女に向かって、有記はふたたび大きなため息をついた。

## 4

杉並区梅里にあるこの公園に足を踏み入れたのは、今日で二度目だ。ビデオカメラの映像の中にあったベンチに座り、有記は一人の男を待っていた。有記の携帯電話は鳴らなかったが、彼は必ず来る、と信じていた。

三十分経過したころ、前回と同じ服装の男が現われた。ベンチを指定したので、眉をひそめながらも、まっすぐに有記のいるベンチに近づいて来る。

山根正芳。西村元樹と、里見知子の兄、里見亮一の中学校の同級生。

山根を迎えるために立ち上がると、「田所さんですか？」と、彼は訝るような表情で有記に聞いた。

「田所です。お呼び立てしてすみません」

どうぞ、と有記はベンチの隣を勧めた。山根は、唇を舌先でなめてから隣に座り、

「里見知子さんとは、最近になって一度会っただけですよ。それまでは、ずっと疎遠だったんです。彼女とは何の関係もありませんよ」と、質問もされないのに警戒心をあらわに切り出した。

「テレビの制作会社の者ですが」と、電話で名乗ったので、山根はそう思い込んでいるのだろう。公務員の山根には、「テレビ」という言葉を使ったほうが効果的だろうと考えたのだ。

「山根さんは、里見知子さんのお兄さんと中学校で同級生だった。それは、事実です

よね」

有記は、まず確認から始めた。

「そうです」

「里見知子さんとは、どういう理由でお会いになったのですか?」

「どういうって……」

山根は口ごもり、周囲に視線を巡らせた。

「この公園でお会いになったのですよね?」

有記が指で地面を示すしぐさをすると、山根の表情がこわばった。〈そんなことまで調べているのか〉と驚いた顔だ。

「里見知子さんは、あなたをここに呼び出して話したあと、西村元樹さんを殺害して、テレビで自分の犯行を告白したことになります。彼女に変わった様子はなかったんですか?」

「変わった様子といえば、すべてが変わっていましたよ。ぼくをいきなり呼び出したことから始まって」

山根は憤《いきどお》りの色を宿した目で言い、その憤慨を有紀にも向けてきた。

「山根さんももうご存じかもしれませんが、里見知子さんの告白事件は、いまやネット上で大きな騒動になっています。当時、彼女のお兄さんを殺したのは少年で、マスコミは名前を公表しませんでした。その少年が西村元樹さん、彼女のお兄さんを殺害した元少年です。いくらマスコミが二つの事件の関連性を曖昧にしようとも、情報が迅速に伝達されるネット社会では、たちまち暴かれてしまいます。二十三年前の事件が起きた地域や中学校の名前、同級生たちがすぐさま特定されてしまうという意味です。テレビ局から謝礼がもらえるからと、卒業写真や卒業文集、作文などのネタを興味本位で提供する者も現われます。里見知子さんと山根さんの関係も、マスコミ関係者ならすぐ突き止められます。彼女は、いまごろ警察署で、あなたとここで会った話をしているかもしれません」

「だから、ぼくは事件とは、いや、彼女とは無関係だと言っているじゃないですか！」

山根は、激しい口調で言った。有記の脅迫めいた言葉によって、恐怖心をかき立てられたのだろう。

「ぼくと会って話したから、彼女は渡部を殺す決意を固めた。田所さんは、そう言いたいんですか？　あなたたちテレビ業界の人間は、興味本位にそういう筋書きで番組を作りたいのかもしれませんが、ぼくたちみたいに健全な一市民にはいい迷惑ですよ。ぼくは教師なんです。クラス担任もしています。騒ぎに巻き込まないでいただきたい」

山根は興奮口調でそう言い募り、有記を睨みつけた。

「ご心配なく。あなたのことは、番組で取り上げたりはしません。お約束します」

脅しの効き目は充分だろう。身分を少々偽《いつわ》ったことにも罪悪感を覚え始めていた。

有記は、本題に入る準備をした。昨夜、インターネットの検索機能を使って、山根のフルネームと勤務先の杉並区内の小学校を突き止めるのに成功したのだった。最近は、PTAの広報活動の一環としてホームページを持っている学校も多い。まず地図で公園に近い小学校を探し、「山根」というキーワードで絞り込んだ結果、意外なほど早く山根正芳がヒットした。山根は、勤務先の学校だよりの中の「○○先生の小学校時代」というコーナーで紹介されていた。それによれば、山根正芳の将来の夢は、プロ野球選手だったという。山根姓はそう多くはない。本人だろうとあたりをつけて学校に電話して、電話に出た教師に「テレビ局関係の取材です」とだけ告げ、授業中だという山根正芳に折り返し電話をするように携帯電話の番号を伝えておいたのだった。同時に、公園で待っている旨《むね》を伝えておいた。目論見《もくろみ》どおりになったわけだ。

「本当ですね。信じていいんですね?」

山根は、お約束します、と言った有記に念を押してから、「なぜ、田所さんは、ぼくが里見知子さんとこの公園で会ったことを知っていたんですか？」と、改めて聞いた。

「警察に出頭する前に、本人がそう言ったからです」

そう答えると、山根が息を呑み込む気配がした。

「つまり、それだけ里見知子さんとわたしは親しい仲だということです。わたしは、彼女の無実を信じています」

「無実って……」と受けた山根が顔色を変えた。

「西村元樹さんを殺したのは、彼女ではありません」

「だけど、でも、本人がテレビで『わたしが殺した』って……。それに、新聞でも……」

山根は、有記の言葉に動揺の色を隠せない。

「だから、ほんの少しの手がかりでもほしいんです。西村元樹さんの交友関係について何か知っていることはありませんか？」

「里見知子さんと親しいのだったら、彼女が警察に行く前に、ぼくに何を話したか、田所さんはわかっているんじゃないですか？」

すぐには答えずに、山根は探りを入れてくる。里見知子と山根の会話は録音されているから、その内容はすべて把握している。

「山根さんが西村さんとずっと連絡を取り合っていなかったのは、知っています。でも、西村さんと音信がなかったというだけで、彼のうわさが耳に入っていた可能性はありますよね」

二人の会話を何度も繰り返し聞いているうちに、山根の言葉の端々からふっと生まれた推理だった。罪を犯した中学校時代の友達の将来は、同級生であればずっと気にかかっているものではないだろうか。

「それは、まあ」

案の定、山根は軽くうなずいて、覚悟を決めたかのように滑らかな口調で話し始めた。「傷害致死とはいえ、野球のバットで殴り殺しているんです。『最初に手を出したのは、里見亮一のほうだった』という渡部の言葉だって、相手が死んでしまえば、真実はわかりません。異常にプライドが高くてカッとなりやすい性格が災《わざわ》いして、あんな大きな事件になってしまったのでしょう。同世代の男として、渡部の人生に強い関心を持っていたのは、ぼくだけじゃありません。折に触れて、いろんな情報が入ってきました。少年院を出たらしいとか、大検を受けたらしいとか、都内の大学に入ったらしいとか。母親の姓に変わったという情報は、早い時期に耳に入ってきました。不動産会社に入ったとか、そこを辞めて転職したとか。同級生が集まるたびに、必ず誰かが新しい情報をもたらしてくれて。少年のときに人を殺しても、何十年もたてば普通の生活が送れる。少年時代の加害者の人権がいつまでも守られる。そういうのを見ていると、事件も起こさずまじめに生きている自分たちが何か割りを食っているような気分にさせられるんでしょうね。それで、同級生として気になって仕方ないのかもしれません」

「女性関係について、何か聞いていませんか？」

仕事先で、自家用車の助手席に乗せるような女性がいるのはわかっている。

「ありましたよ」

ひとたび口火を切ったら、告げ口するような快感がたまらないのだろうか。山根は、すらすらと答えた。「渡部にはつき合っている女性がいたらしいですよ。前の会社の社員だとか。二人でいるところを見たやつがいるんです。そいつの名前は言えませんけどね」

「情報源は、教えていただかなくとも結構です」

ありがとうございます、と礼を言って、有記は立ち上がった。西村元樹に関するデータは、里見知子から与えられている。

# 第十一章　記録

## 1

——朝霞の会社員殺害事件ですが、その後の調べで、現場の駐車場の隣の駐輪場から野球のバット一本がなくなっていることがわかりました。持ち主の男子中学生が自分の自転車の荷台にいつもくくりつけていたものということですが、そのバットが事件後、紛失していることが判明しました。凶器はそのバットである可能性が高いと見られ、引き続き、犯人だと名乗り出た女性からくわしい事情を聞いています。

ベランダに干した洗濯物を取り込みながら、美世子は、ついさっきのニュースを思い起こしていた。フリーライターの女性が「わたしが殺した」と告白した例の殺人事件だが、インターネット上では彼女のフルネームまで特定されてばんばん飛び交っているというのに、テレビではいまだに彼女の名前を伏せて報じている。

――彼女が犯人ではないの？　それとも、凶器が発見されるまでは、犯人と断定するような報道はしないものなの？

美世子は、事件の報じ方に違和感を覚える一方、大胆な行動に出た同じ三十代の女性に奇妙な共感を抱いていた。自分がもし彼女の立場だったら、と置き換えて想像してしまう。愛しい存在の人間を殺されたら、仇《かたき》を取りたいと思うのが自然ではないだろうか。

洗濯物を取り込み終えたとき、玄関チャイムが鳴った。梨香が学校から帰ったのだろう。

「お帰りなさい」

美世子は、玄関に迎えに出る。同じマンションの友達と下校が一緒になったときなど、梨香はオートロックのドアを通り抜けて、一人で六階まで上がってくる。

「おやつの前に、ピアノの練習しない？　十分だけでも」

やさしい声で誘ってみたが、

「今日はやることがあるから」

と、撥ねつけられてしまった。時間がたてばたつほど腰が重くなり、ピアノの前に座るのが億劫《おっくう》になる。そう思って、帰宅後すぐに練習させるという作戦を立てたのだが、失敗した。

「やることって何？」

「今日、奈美ちゃんがお休みだったから、プリントを届けに行くの」

奈美ちゃんは梨香のクラスメイトで、東公園の向こうのマンション「けやきガーデン」に住んでいる。いつもの遊び仲間だ。

「あら、奈美ちゃん、お休み？　風邪ひいたのかしら」

「さあ、わかんない」

梨香は首を振って、ランドセルのまま自分の部屋に入ったが、すぐに布製の手提げを持って出て来た。

「おやつは？」

「帰ってから食べる」

「奈美ちゃん、具合悪くて休んだのだから、話し込んだりしないでね」

ひとこと注意して、梨香を送り出した。以前、奈美が熱を出して学校を休んだとき、やはり、連絡事項があるからと伝えに行った梨香は、「寂しいから上がって」という奈美につき合って一緒に過ごした結果、翌朝、自分も熱を出してしまったのだ。

だが、洗濯物を畳み終え、アイロンがけを済ませても、梨香は帰って来ない。また家に上がり込んでいるのか。あと十分待とうと決め、その十分が経過してから、美世子は奈美の家に電話をした。

母親が出るだろうと身構えていた美世子は、受話器から流れてきた子供の声に面食らった。

「あら、奈美ちゃん、もう大丈夫なの？」

「何ですか？」

「今日、学校、お休みしたんでしょう？」

「いえ、行きましたよ」

ずしん、と胸に楔《くさび》を打ち込まれたような衝撃があった。

「梨香が……そっちに行っていない？」

「来てないです」

「あ、そう」

わかった、ありがとう、じゃあ、と電話を切り、高鳴る胸にてのひらを強く押し当てた。

——梨香がいなくなった。

しかし、前回とは違う。そのことのショックのほうが大きくて、美世子の顔は燃えるように熱くなった。梨香は、明らかにうそをついて、自分から姿を消したのだ。

――どこへ行ったの？　まさか、家出？

小学三年生の女の子が家出などするものだろうか。膝から下の力が抜けて、美世子はその場に座り込んだ。

2

西村元樹は、現在の会社に転職する前は、港区三田《みなとくみた》にある「桜《さくら》不動産」という会社に勤めていた。ビデオの映像からプリントした写真を持って、すぐにでもそこに行きたかったが、有記にはしなければならないことがあった。家に帰り、葵を自家用車に乗せて病院へ連れて行く。リハビリ訓練の予約を入れてある。

葵を担当の井村に任せて、休憩室へ行く。携帯電話でインターネットに接続して、朝霞の事件の続報を調べる。凶器が野球のバットである可能性が高いと報道されていて、有記はあせりを募らせた。駐車場に隣接する駐輪場にあったバットのようだ。中学生の男子が所有していたバットが一本紛失したという。

――兄は野球のバットで殴り殺されました。だから、同じ凶器を用いて殺そうと思いました。

凶器が野球のバットだったとしたら、それは、里見知子の犯行を裏付ける大きな証拠になるのではないか。自分の犯行とするために、彼女はさらにうその供述を重ねるかもしれない。

しかし、まだ凶器そのものは見つかっていない。そこに望みを懸けて、有記は次に何をすべきかを考えた。西村元樹の交際相手の女性が何かしらの鍵を握っているかもしれない。だから、彼女を捜し出すつもりでいる。横顔だけだが、ビデオからプリントした女性の写真もある。だが、もし彼女が見つからなかったら……。

――そのときは、わたしが警察に行くしかない。

里見知子の無罪を証明する証拠は持っている。西村元樹を殺すまでの記録を残すという彼女の一連の計画を、警察に話さなくてはならなくなるかもしれない。自分との関係も。だが、それは仕方がない。彼女の無実を証明するためには。有記は覚悟を決めて、リハビリ訓練を続ける葵のもとへ戻ろうとした。

携帯電話が鳴った。意外な人間の名前が表示されて、有記は首をかしげた。プロデューサーの並木だ。仕事の話だろうか。

「はい、田所です」

「ああ、有記ちゃん」

制作現場を一年も離れていたわけではないのに、並木の弾んだ声を、有記は懐かしいと感じた。

「どうしたんですか？　何かトラブルでも」

休暇中でも、勝手を知った人間でなければ解決できないトラブルはある。

「いや、そうじゃなくて、有記ちゃんにお客さんだよ」

「お客さん？」

「梨香ちゃんというのは、有記ちゃんの娘さんだろう？」

「梨香がどうしたんですか？」

一人娘を夫のもとに残して離婚したことは、並木に話してあった。

「突然、テレビ局に訪ねて来てね。小学生の女の子相手に守衛さんが困り果てていたところに、ちょうどぼくが通りかかって。事情を聞いたら、有記ちゃんの名前を言ったんだよ」

「どうして、テレビ局なんかに？」

梨香の行動力と大胆さに驚いた。千葉県から東京都内に一人で来たのは、おそらくはじめてではないか。

「本人は『家出して来た』と言っている。ここに来れば、有記ちゃんに会えると思ったんだろうね。テレビガイドの雑誌を持っていたよ。ほら、すべてのテレビ局の電話番号や住所が載っている雑誌」

「びっくりさせてすみません」

「いいって。それでだ、梨香ちゃんをタクシーに乗せてそっちに向かわせていいかな。家の住所と地図を運転手に渡すからね。有記ちゃん、いまはあんまり外に出られないだろう？　葵先生の具合はどう？」

「リハビリは順調に進んでいます。いま病院ですけど、すぐに帰りますから、着くころに帰してください。料金はあとでお支払いします」

「チケットを持たせるからいいって。じゃあ」

撮影中、どんなアクシデントが起きようと、機転を利かせて乗り切ってきた敏腕プロデューサーである。並木は、明るい口調のまま言って、電話を切った。

有記は、すぐさま美世子の携帯電話にかけた。彼女がいまどういう心理状態に置かれているかが、手に取るようにわかったからだ。

「もしもし」

携帯電話を手にして待っていたかのように、即座にうわずった美世子の声が応じた。

「ああ、美世子さん。田所有記です。あの、いま……」

「梨香はどこなんですか？　どこにいるんですか？　あの子、学校から帰るなり、友達の家へ行く、とわたしにうそを言っていなくなったんですよ。家出したんです。梨香は大丈夫ですか？」

梨香の名前を口にする前に、美世子がたたみかけてきた。

「安心してください。梨香はテレビ局にいました。また、改めて電話します」

美世子の興奮はしばらく鎮まりそうにない。有記は、無事だけ知らせて電話を切った。

3

「まあ、半年ぶりかしら。ずいぶん大きくなって」

葵は、目を細めてまぶしそうにひ孫を見て、自由に動かせる右手で梨香の頭を撫でた。梨香との再会をいちばん喜んだのは、葵だった。離婚後、梨香とは年に四、五回の面会日を設けているが、「東京の家では会ってほしくない」という美世子の希望を受け入れて、有記が梨香と会うときはもっぱら家の外にしている。小学生の女の子が好きそうな都内の名所といえば、原宿だったり、池袋だったり、上野の動物園だったり、と高齢の葵を連れ回すのは無理そうな場所ばかりだった。

「赤ちゃんのころは、ここに来たこともあったのよ。憶えていないでしょうけどね」

葵はそう言いながら、自ら台所に立って、梨香にミックスジュースを運んで来る。

「喉が渇いたでしょう？　飲みなさい」

有記は、神妙な面持《おもも》ちでソファに座っている梨香に言った。美世子にうそをついて家出した後ろめたさがあるのだろう。目的を果たしたのに、その表情に喜びの色はない。

「バームクーヘンもあるのよ。これ、梨香ちゃんくらいのとき、あなたのママも大好きだったのよ」

葵は、バームクーヘンがひと切れ載った皿をひ孫のほうへ押し出した。

「おやつ、食べる暇もなかったんでしょう？　どうぞ」

有記が促すと、ようやく梨香はフォークを手にした。やはり、空腹だったのだろう。最初のひと口を食べたら、我慢しきれなくなったように次々とかけらを口に放り込む。

「よく似てるわね」

梨香の食べる様子を見ながら、葵はしみじみと言った。「亡くなった藍子と目元がそっくり。こういうの、隔世遺伝と言うのかしら」

「ああ、梨香のおばあちゃまのこと。つまり、わたし……ユーマのママのことね」

梨香がきょとんとした表情になったので、有記は説明した。なるほど、と思う。自分と梨香とはあまり似ていると言われたことがないが、死んだ母親の面影が梨香に重なることはある。対して、有記は、葵と顔立ちが似ているとよく言われる。

「ユーマのママって、どんな人だったの？」

梨香が興味を示してきた。有記は、仏間から藍子の写真を持って戻った。「ほら、これがユーマのママよ」

梨香は、しばらく写真の女性を眺めていたが、「わかんない」と首をかしげた。自分に似ているかどうか、子供の視点ではわからないのだろう。遺影の中の藍子は、亡くなる少し前の四十代の容貌だ。

——ママの奔放な血をこの子は引いているのかもしれない。

葵と顔を見合わせた有記は、微笑んだ葵の表情から同じ思いを抱いているのを察した。葵と藍子と有記と梨香。四世代の女。葵は夫の隠し子の存在にショックを受けたものの、心を鬼にして妻の座を全うし、藍子は父親に反発して家を飛び出した末に私生児を産み、有記は浮気を疑われた結果、子供を置いて離婚し、梨香は小学三年生にして家出した……。「波瀾万丈《はらんばんじょう》」という四文字が有記の脳裏に浮かんだ。

「こんなに小さいのに、よく電車を乗り継いでテレビ局まで行けたわね。偉いねえ」

ジュースを飲み終えた梨香に葵が言い、「でも、テレビ局に行けば有記に会えると思っていたところなんか、やっぱり、九歳の子供だね。幼くて、胸が痛むというか……」と、感極まったように目頭を拭った。

「梨香の行動力には正直、恐れ入ったわ」

と、褒めておいて、だけど、と有記は声を大きくした。「ミーマを心配させてはいけないわ。うそを言って、家を出て来たんでしょう?」

「だって、うるさいんだもん」

梨香はうつむいて、口を尖らせる。

「どううるさいの?」と、葵が問うた。

「ピアノを毎日、弾けって。梨香、ピアノなんて、本当は習いたくないのに」

「ああ、そこは、あなたのママにそっくりね」

ねえ、とさっき目を潤ませたばかりの葵が苦笑した顔を有記に向ける。「あなたもピアノのお稽古が嫌いで、三年通ってやめたんだっけ？」

「それは、適性がなかったから」

祖母に言い返して、だけど、と有記は娘に向き直った。「いま思えば、もっと努力して続けていればよかった、と思うことはたくさんあるわ。それは、大人になってからわかることだけどね。ミーマは、きっと同じように考えているのよ」

「じゃあ、我慢してピアノ続けたら、好きなこともやらせてくれる？」

「好きなことって？」

「サッカーとか卓球とかバドミントンとか、いろいろ」

「やっぱりね」

有記の質問に即答した梨香を見て、葵が大きくうなずいた。「そういうところは、有記、あなたに似ているわ。椅子に座っているより動いているほうが好き、ってところが。で、いまのママ……ミーマはやらせてくれないの？」

「四年生になったら、そういうクラブに入ればいいって。だけど、三年でもうサッカーやっている子もいるし、そういうのを見て、うらやましいなと思う」

「そう」

地域のサッカークラブに加入している子供がいる、という意味だろう。学校のクラブ活動は回数も少ないし、物足りないと思う子はいるかもしれない。「そのことをミーマには言ったの？」

「そこまでは言ってないけど、言ってもやらせてくれない気がする。ミーマは、梨香がピアノ弾いたり、習字を書いたりするのが好きみたい」

「そうか。女の子らしい習い事が好きなのね」

と、葵が美世子の教育方針を結論づけて、「だけど、やっぱり、それだけじゃ嫌だよね。思いきり身体を動かしたいよね」と、梨香の気持ちを代弁した。

うん、そうそう、と梨香が小刻みに首を振る。

「そういう気持ち、ミーマに向き合ってはっきり言いなさい」

母親としては、祖母のようにただ甘いだけの顔はしていられない。

「だって、言っても無駄なんだもん」

「それは、たぶん、ほかのことをしても長続きしない、と思っているからよ。ピアノをやめずに続けたら、ミーマも大丈夫だと思って、サッカーもやらせてくれるかも。ピアノとサッカーを両立している子はたくさんいるはずよ」

有記の言葉に梨香は黙り込む。

「もういいじゃない、お説教は」

と、葵がぱんぱんと手を叩いた。「そんなに身体を動かしたいのなら、庭に出て遊んでみたら？　ほら、小屋に何かあったでしょう。一輪車とか竹馬とか縄跳びとか。昔のだけど、捨ててなかったはずよ」

「一輪車、乗れるよ。縄跳びもいっぱい跳べるよ」

途端に、梨香が目を輝かせた。裏庭の隅にある小屋には、燐太郎の趣味で集めた遊具の類が埃《ほこり》をかぶってたくさん入っている。

「日のあるうちに、庭で遊びなさい」

葵は梨香の腕を取り、縁側へ連れて行った。

玄関から梨香の小さな運動靴を取って来ると、梨香を庭へ出した。そして、自分は縁側の椅子に座って、軽快に縄跳びをするひ孫の姿を眺めている。縄跳びの縄は、有記が子供のころに使ったものだった。まだ充分使える。

びゅんびゅん、と風を切って回る縄の音を聞いてから、有記は、美世子に電話をかけるためにその場を離れた。

「すみません。約束を破って、自宅に梨香を連れて来ました」

まずは、わが子の現在の保護者に謝罪した。

「梨香を保護してくださり、ありがとうございます」

興奮が鎮《しず》まった美世子は、奇妙なほど落ち着いた声を出している。「いま、梨香はどうしていますか？」

「薄暗くなりかけた庭で、元気よく縄跳びをしています」

「そうですか。縄跳びは好きで、公園でも友達とよくやっているんですよ」

「遅くならないように、梨香をそちらに送って行きますが」

夕飯を食べさせたあとに、というニュアンスを含ませて言うと、「いいんです」という言葉が返ってきて、有記は戸惑いを覚えた。

「明日は、小学校の開校記念日でお休みなんです。それがわかっていて、あの子は家出したんでしょう。今晩は、そちらに泊めていただいても結構です」

何かを悟ったような、何かを諦めたような美世子の口調に、有記は言葉を失った。

「梨香もたぶん、そのつもりでしょう。有記さんに何か言っていませんでしたか？」

「だめです」

思わず激しい言葉が口をついて出て、有記は我ながらびっくりした。「梨香は、うちには泊めません」

今度は、美世子が声を失っている。

「梨香はお返しします。母親なら責任を持って、最後まであの子を……お願いします」

何を言いたいのか、なぜそんな言葉をぶつけているのか、自分でもわからなくなっていた。

――母親の座をあなたに譲ったのだから、その座を投げ出さず、責任を持って守ってほしい。あの子がもう少し成長して、大人の判断が下せるようになるまでは。

ただ、そう伝えたい一心だった。

「わかりました。では、迎えにうかがいます。お腹を空かせてはかわいそうなので、夕飯は食べさせてあげてください」

美世子は、母親の顔を取り戻して静かに言った。

＊

夕飯にカレーライスを作ったのは、思い出せないくらい久しぶりだった。葵と二人のときは、野菜や肉を炒めてカレー粉で味つけしたりはするが、純粋なカレーは二人では余ってしまうので作らない。大き目のじゃがいもとにんじんが入った何の変哲もないチキンカレーを、梨香は「おいしい、おいしい」と言いながらおかわりした。

夕食が終わる時刻を見計らったように、美世子が梨香を迎えに来た。

「ミーマが迎えに来るから」

と、食事の前に告げると、

「梨香、今日は泊まれるよ。明日、学校はお休みだから」

と、想像したとおり、梨香は有記の実家に泊まりたがった。

「そういうことなら」と、葵はひ孫を泊めたいようだったが、有記は毅然《きぜん》とした態度で「だめ。帰りなさい」と言った。「ここは、梨香のおうちじゃないのよ」と。

「だけど、ユーマだって、お友達に頼んで……」

そう言い返しかけた梨香が、ハッとした表情になって口をつぐんだ。

「何よ、お友達って？」

と、葵が梨香から有記へと視線を移す。公園から梨香を連れ去った里見知子のことだが、葵は事件のことを知らない。

——この子は、わたしと里見知子の関係に勘づいているのだ。

有記が友達に頼んで娘に会おうとしたのではないか、と梨香は考えている。いつまでも子供だと思っていてはいけない、と有記は自省した。この子は少しずつ、確実に成長している。

「それもあって、ミーマはすごくあなたのことを心配しているの。ミーマには、まだちゃんとわかってもらえないけど、あの女の人は悪い人じゃないの」

「本当？　女優さん？」

「そう、女優さん」

演技をしている、という意味では、まさに女優である。

「女優って、誰のこと？」

葵が横から割り込んできたが、「いいの。おばあちゃまにはあとで説明するから」と、有記はその場を切り抜けた。

「だから、おうちに帰りましょうね」

泣きべそをかきそうになりながらも、大人の世界の事情を悟った梨香は、「わかった」とうなずいた。

「じゃあ、またね。バイバイ」

迎えに来た美世子に手を引かれて、梨香は、最後は明るい表情で葵とその後ろにいる有記に手を振った。

## 4

翌日のリハビリ訓練は、午前中に予約してあった。葵を病院に送り届けて、担当の井村に託し、「タクシーで帰らせてください」と頼んで、有記は車で三田へ向かった。西村元樹が三年前まで勤めていた不動産会社に聞き込みに行くためだった。しばらく一人で外出していない葵のことが心配になったが、時間の概念があやふやになっても、自宅の場所を忘れる段階にはまだ至っていない。けさになって、昨夜の会話を思い出した葵は、「梨香ちゃん、大きくなってたわね」と、ふたたびしみじみと言ったが、有記と梨香の会話で気になった「お友達」については詮索してこなかったので、記憶の底に沈んだままなのだろう、と解釈した。

目的地の近くで「桜不動産」と看板の出た細長いビルを見つけたあと、ナビで近くの駐車場を探した。駐車場に車を入れてから、歩いてビルへ戻る。

細長いビルとはいえ、ビルを丸ごと持っている会社なのだから規模は大きいのだろう。「記録・スクリプター」という肩書きとテレビ局名の入った名刺がどんな威力を発揮するか、不安な思いを抱えて自動ドアに向かう。警戒されて、門前払いとなるかもしれない。その場合は、一日中、会社の前に張り込んで、写真の女性の姿を追うことになるだろうか。有記は、バッグの外ポケットからプリントした写真を取り出し、女性の横顔を改めて脳味噌に焼きつけてから、ロビーに入った。

正面の受付カウンターに、制服姿の女性が二人座っている。

——事件の取材をしたいのですが、窓口はどこでしょう。

飛び込み取材のときの切り出し方は心得ている。大抵の場合は、「アポイントメントはおありでしょうか」と訝しげに聞かれるが、「では、電話でアポを取るとして、どこにかければいいでしょうか」と切り返し、紹介された窓口に外からかけるという手順になる。

窓口がはっきりしない場合は、「わかりました。広報に問い合わせます」と言ってみる。広報活動に力を入れている企業や、ネットへの書き込みに神経を尖らせている企業は多いため、どんな取材でもいちおう対応する姿勢を見せる傾向がある。取っ掛かりができさえすれば、あとは機転と度胸で何とかなる。

——とにかく、この女性を捜さないと。

写真を持つ手が汗ばむ。こわばりそうになる顔をほぐしながら、受付に近づいた有記は、肩透かしを食ったようになり、しばらく口を開けていた。

受付の右側の女性に見憶えがある。何度も脳味噌に刷り込んだ顔によく似ている。それでも、と受付から離れてロビーの隅へ行き、女性の横顔を確認する。髪の長さ、鼻の高さと形。美人に属する顔立ち。間違いなく写真の女性だ。捜し当てたい女性が受付嬢だったとは、何という幸運か。

「あの、何かご用でしょうか」

その女性が有記に声をかけた。

それには答えずに、有記は、その場ですばやくバッグからメモ用紙を取り出して書きつけた。名刺とメモ用紙をカウンターに置き、「よろしくお願いします」と、写真の女性に言うと、彼女は面食らった表情で同僚の受付嬢と顔を見合わせた。

＊

――朝霞の事件のことでうかがいたいことがあります。昼休みに、はす向かいの「珈琲円《コーヒーまどか》」で待っています。

そういう文面に惹かれて、相手が来る確率はいかほどだろう。二時間は待つつもりで、有記は、窓側の二人用のテーブルでアイスコーヒーを飲みながら待っていた。

一時近くになっても、彼女は現われなかった。かわりに現われたのは、受ける印象が似てはいるが、顔立ちに彼女のような派手さがない同世代の女性だった。彼女の隣にいた受付嬢だ。制服の白いブラウスの上に、私服の薄いカーディガンをはおっている。

「田所さんですね」

確認してから、前に座る。すぐに近づいて来たウエイトレスに「アイスコーヒーを」と注文すると、一分も無駄にしたくないというふうに「秋山《あきやま》さんは来ません。彼女に頼まれたわけじゃないですけど、好き勝手に報道されたくないので」と、代理で来た理由を手短に述べた。

――西村元樹の恋人は、秋山さんか。

顔写真の情報しかなかったのに、あちらから名前の情報を与えてくれた。

「報道する場合は、きちんと取材をして、裏を取ってから、と決めています」

テレビ局は傍若無人《ぼうじゃくぶじん》でルールを無視している、と思われてはたまらない。「だから、こうして取材に来たんです。お望みでなければ、報道はしません」

「そうなんですか？」

受付嬢は、拍子抜けした表情になってから、「じゃあ、しないでください。彼女もこれ以上、傷つきたくないでしょうから」と、強い語調で言った。

「秋山さんは、殺された西村元樹さんとおつき合いされていたんですね？」

「昔の話です。彼がうちの社にいたときの」

「別れた、という意味ですか？」

「それは……まあ、そうですけど、女って、結婚が決まりかけると、いろいろ不安になるでしょう。自分の決断が果たして正しかったのかどうか、迷う時期がありませんか？　秋山さんもそうだったのでは、と思います。だから、一度別れた人から連絡があったとき、つい会ってしまって……」

この受付嬢と秋山は、三十歳を少し過ぎたくらいで、同世代なのだろう。結婚に心が揺れる年齢であるのは間違いない。秋山は、西村元樹が「桜不動産」にいたときに交際していたが、彼の転職をきっかけに別れた。だが、最近になって、自分の結婚話が決まりかけたとき、別れた西村元樹から連絡があり、つい再会してしまった……。

有記は、秋山という美貌の女性の恋愛模様を頭の中で思い描いた。

「わたしもバツ一ですから、そのあたりの複雑な男女関係はわかっているつもりですよ」

経験豊富な先輩らしい言葉で彼女を安心させておいて、有記は、「秋山さんは、西村元樹さんの過去についてご存じだったんですか？」と、肝心の質問に移った。

「知るわけないでしょう。まわりは誰も知らなかったんですから」

受付嬢は、付けまつげをきれいに貼った大きな目を見張って、首を振った。

「秋山さんが『傷ついた』というのは、西村さんの過去の事件を知って、という意味ですか？」

アイスコーヒーが彼女の前に置かれるのを待って、質問する。

「それもありますけど、会社に刑事が来たからでもあります。テレビドラマではよく見ますが、刑事がいきなり訪ねて来るって、めったにないことですからね。それだけでもショックですよ」

すでに刑事が来ているのか。有記は、口には出さずに、知り得た情報から推理を巡《めぐ》らせた。早い時期に、警察が西村元樹の交友関係の調査に着手したということだ。すなわち、里見知子の自供を全面的には信じていないことを示している。やはり、彼女以外の人間の犯行を示唆《しさ》する証拠をつかんでいるのだ。それは、犯行現場の防犯カメラの映像なのか、犯行に使われた凶器に関してなのか。

「西村さんの過去の事件は、少年時代の犯罪ですよね。もし、最初から過去を知っていたら、秋山さんは西村さんとはおつき合いされなかったのでしょうか」

ふと興味を覚えて、有記は聞いてみた。

「知っていたら、つき合わなかった、と彼女は言っていました。わたしだって、そうです。少年時代の犯罪だから昔の話、とかそういう問題じゃないです。人を殺した人となんか、つき合いたくないですよ。西村さんは、自分の過去を隠して秋山さんに近づいて来たんです。言葉巧《たく》みで、ユーモアのある人だし、いい大学を出ているし、仕事はできるし、そんな大それた過去のある人だなんて誰も思わないじゃないですか。誰も教えてくれないし。秋山さんは、西村さんだけじゃなくて、すべてに騙された気がする、と怒っていました」

受付嬢自身も憤懣に駆られたらしく、息を荒くして言った。「すべて」の中には、メディアも入っているのだろう、と有記は思った。少年が加害者の場合、マスコミは名前を公表しない。一般の人間は、少年が成人になったのちに、新たな事件が起きてはじめて加害者の過去を知る。今回のケースのように。

「さっき、秋山さんの結婚話が決まりかけた、と言いましたが、そのお相手は？」

一人の女性を巡る昔の男と現在の交際相手。三角関係は成り立つ。男女関係のもつれから起きた殺人事件とも考えられる。

「教える義務はないですよね」

と、受付嬢はぴしゃりと言い、アイスコーヒーに口をつけた。

「秋山さんは、刑事にも交際相手について聞かれたんですか？」

警察が西村元樹を殺害した容疑者の一人に、秋山の交際相手をカウントしている可能性は高い。

「ええ。それで、彼女はナーバスになっているんです。犯罪者なんかとつき合って、と親からもずいぶん責められたみたいで。男を見る目がない、とまで言われて、それにも傷ついたんですよ」

「秋山さんの現在の交際相手って、会社の人ですよね？」

かまをかけてみた。外に目を向けて婚活に励まない限り、年頃の男女が出会う世界は狭いと決まっている。有記と俊作の出会いは大学だったし、美世子と俊作が知り合ったのも職場だった。

「ここにはいませんよ。グループ会社の人です。管理部門の。でも、彼にまたマスコミが殺到したらかわいそうだから、言いません」

と、受付嬢は唇を引き結んだ。しかし、その言葉で、警察が秋山の交際相手の情報を入手し、動き出している気配を察することはできた。

——警察が真犯人を見つけてくれる？

「でも、西村さんを殺したのは、あの女性なんですよね。テレビで『わたしが殺した』と告白した女性。動機は復讐。それがわかっているのに、どうして、秋山さんが事件に関係あるんですか？　昔、西村さんとつき合っていたというだけで。彼女のプライバシーまで暴かれるなんて、理解できません」

少し希望が持てた、と喜んだ有記に、受付嬢が怒りをぶつけてきた。

## 5

珍しく自分から電子ピアノの前に座った梨香の背中を、美世子は複雑な思いとともに見つめていた。梨香を変えたのは有記に違いない。彼女のひとことが梨香の気持ちの変化につながったのだ。一緒に暮らしている自分にはできなかったことを、お腹を痛めた子とはいえ、ほんのひととき過ごしただけの有記がいともたやすくやってのけた。

梨香はひととおり練習をしてから、台所の美世子に顔を振り向けた。「お昼食べたら、東公園へ行っていい？」

「いいわよ。奈美ちゃんと遊ぶの？」

「うん。奈美ちゃんと桃子ちゃんと」

いつものメンバーだ。

美世子は、梨香の好きなたらこスパゲッティを作り、ミニサラダとかぼちゃのカップスープと一緒に食卓に並べた。昨夜は帰りが遅かったので、けさは遅くまで寝ていた梨香である。旺盛《おうせい》な食欲を示す梨香を見ながら、美世子は梨香とのあいだの見えない壁を感じていた。いままではあまり気にしなかったのに、一度、有記の実家に行かせてしまったら、二人のあいだに壁ができてしまった。梨香が有記の実家に泊まっていたらどうなっていただろう、と想像すると背筋が寒くなる。泊めるのを拒んだ有記に感謝すべきなのかもしれない。

はじめて渋谷区内の有記の実家に行き、庭のある一戸建てを見て羨望を覚えた。あの庭で、梨香は思う存分縄跳びを楽しんだという。

「ねえ、梨香。サッカーを始めたい？」

「えっ、いいの？」

梨香が口のまわりに刻みのりをつけた顔を上げる。

「このあたりにどんなサッカークラブがあるか、調べてみるからね」

「本当？　やったあ」と、梨香ははしゃいだ声を上げる。

ご機嫌を取っているのだろうか。いや、違う。ご機嫌を取っているのではない。わたしは、この子の可能性を伸ばしてやりたいだけなのだ。そう自分の胸に言い聞かせて、美世子は無心に食事をする娘の姿を見ていた。

「ピアノもやめないからね」

食べ終えて、梨香は言った。

「そう。両立しようね」

美世子は微笑んだが、梨香の翻意は有記の影響だろう、と思った。実の母親には逆立ちしてもかなわない部分がある。そろそろそう認めてもいいころではないか、と気持ちが傾いている。離婚時に、「二人で協力して、あの子の成長を見守りましょう」という言葉を残した有記。わが子を手放すのはどんなにつらく、苦しかっただろう。有記への対抗心を捨てて、二人で手を取り合い、協調路線を採《と》るべきではないか。

「東公園まで一緒に行くわ」

出かける準備をした梨香に美世子は言った。

「大丈夫だよ」

いいよ、と梨香は手を振る。もう知らない人について行ったりはしないよ、という意味なのだろう。

「ミーマも出かける用事があるの」

それはうそだが、強引について行きたい。

通路側から出て東公園まで送り、奈美と桃子と合流したのを見届けてから、美世子はマンションに戻った。正面玄関から入り、ふと管理人室に目をやると、管理人の漆原と管理会社の担当者の吉沢が談笑している。まるで親子みたい、と微笑ましく思う。吉沢は、こうして定期的に自分の担当のマンションの見回りをしているのだろう。仕事熱心な男だ。

表示板に鍵をかざしてオートロックのドアを開錠したとき、背後でエントランスのガラス扉が開いた。肩幅の広いスーツ姿の男性が二人、入って来た。思わず美世子は、その場で身構えた。彼らの視線が鋭かったからだ。四十代後半と三十歳くらいの男性。年上のほうが迷わず管理人室の小窓へ向かい、かがみこんだ。来客に気づいた漆原がこちらに向かって来る。その背後の吉沢の目が見開かれた。

来客の男性が胸元から何か手帳のようなものを取り出したのと、吉沢が管理人室の横のドアから飛び出したのとは同時だった。オートロックのドアは、美世子が障害になって開いた形になっていた。吉沢は、わけがわからず立ちすくんでいた美世子を跳ね飛ばし、建物の中へと駆け込んで行く。通路の両端に非常口がある。男性二人が吉沢を追って行った。

「何が何だか……」

管理人室からうろたえた様子の漆原が出て来て、しりもちをついた美世子に手を差し延べた。

「警察手帳を見せられたんだけどね、吉沢さん、いきなり、あんなふうに……」

6

受付嬢と別れた有記は、喫茶店を出て駐車場へ向かった。車に乗る前に、家に電話をする。葵はちゃんと帰宅していて、ホッとした。「今日は、もうどこへも出かけないでね。お風呂は帰ってから入れるから。いいわね」と念を押して電話を切り、次に美世子の携帯電話へかけた。離婚後、はじめて有記の実家に来た梨香である。そのことの影響が彼女と義理の母親にどう及んでいるか、確認したくてたまらなかった。二人の仲がぎくしゃくしていなければいいのだが。

「美世子さん？　有記です」

「ああ、あの、いまは……」

電話に出た美世子の声は、どこか異国から聞こえてくるように小さく、聞きづらい。

「ごめんなさい。手が離せなかった?」

家事の途中なのか。開校記念日で、小学生の梨香は家にいる日だ。近くの公園で友達と遊んでいる時間帯かもしれない。

「大変なの」

だが、突然、美世子の声が大きくバウンドした。「梨香が大変なの」

「梨香がどうしたの?」

「公園に吉沢さんが逃げて……ううん、マンションの管理会社の人が逃げて……遊んでいた梨香を……」

美世子は、荒い息をしながら、途切れ途切れに言った。

「すぐにそっちに行くから」

事情はよくわからない。吉沢という人間が誰かもわからない。だが、梨香に危険が及んでいることだけはわかる。有記は車に乗り込むと、暗記している梨香の家の住所をナビに打ち込んで発進させた。

――マンション管理会社「桜ハウジング・サービス」の社員の吉沢直人《なおと》が、警察を近づけないために、東公園で遊んでいた女児たちの一人、梨香にナイフを突きつけて人質にし、公園の片隅にある東屋《あずまや》に立てこもった。吉沢直人は、朝霞市で起きた殺人事件の容疑者として浮上し、警察が行方を追っていたところだった。千葉県内の担当マンションを見回り中と知り、捜査員が駆けつけたところ、気配に気づいて管理人室から逃げ出した。

＊

有記が美世子や梨香が住む「マロニエ・レジデンス」に到着したとき、まだ梨香は男にナイフを突きつけられていた。有記は、管理人の漆原やマンションの住人たちから事件の概要を聞いた。その場に美世子の姿はなかったからだ。

容疑者を刺激しないため、とのことで、一般の人間が近づけないように東公園周辺には立ち入り禁止のテープが張られ、一部が青いシートで覆われている。有記は、マンションの居住者や近隣の人たちに混じって、家庭菜園の手前の駐車場にいた。

「梨香ちゃんのお母さんは？」

ひと目で管理人とわかる服装をした漆原に聞く。

「警察車両の中に待機しているようですよ。公園の前に停まっている車です」

体格のいい漆原は言い、「信じられないですよね」と、ため息混じりに言った。「あんな好青年が人を殺すなんて。何かの間違いとしか思えませんよ」

「説得……できないのでしょうか」

吉沢直人は、「桜不動産」のグループ会社の社員なのだろう。西村元樹の昔の交際相手、秋山の現在の交際相手だ。そんな男が梨香のいるこのマンションの管理業務を担当していたという偶然に驚愕させられた以上に、有記は、自分が本当の母親であると名乗り出られないじれったさに身悶《みもだ》えしていた。

「それがね、警察の方針だとかで。下手に母親が感情むき出しの言葉を投げかけると、余計、容疑者を刺激することにつながるとか。そういうもんですかねえ」

じりじりと、焼きごてで喉を焼かれるような熱と痛みを伴う時間が過ぎていく。梨香の体調が気になる。あまり時間が長引けば、幼い梨香の体力がもたない。有記は、何度も美世子の携帯電話にかけようとして、やめた。自分の声が刺激となり、美世子が制止を振り切って車から飛び出さないとも限らない。

五時になったのが合図のように、捜査員の一人が漆原のもとにやって来た。

「容疑者が管理人さんを呼んでいます。あなたと話がしたいそうです」

「やっぱり、そうでしょう」

聞いた途端、漆原が指を鳴らした。「最初からそうしたかったんですよ。わたしなら説得できます。吉沢さんは早くに父親を亡くして、わたしを父親のように慕っていたんですからね」

東公園へと向かう漆原の背中がたくましく見えた。

*

漆原の勘は正しかった。十分後、東公園の中がにわかに騒がしくなり、吉沢直人は確保され、梨香は無事に保護された。立ち入り禁止のテープを破って駆け寄りたくなる衝動を抑えて、有記はその様子を遠くから見守っていた。有記の目に入ったのは、毛布にくるまれて女性警察官に支えられた小さな身体と、その小さな身体に駆け寄り、「梨香」と名前を呼んで抱きかかえた母親——美世子の姿だった。

「ママ！」と、叫んだ梨香の声が鼓膜に張りついた。

——「ミーマ」ではなく、「ママ」だった。

その事実を静かに受け止めて、有記は踵を返した。

7

葵がリハビリ訓練に通い始めて、ひと月半が過ぎた。有記の職場復帰も迫っている。葵は、台所に立ったり、風呂に一人で入ったりするまでに回復した。不思議なもので、以前のように身体を動かせるようになったら、記憶力の減退にも歯止めがかかったらしい。リハビリ訓練が日常の運動習慣にもつながって、葵はより健康的な生活を心がける気になっている。「梨香ちゃんのためにも長生きするわよ」と、意気込んでいる。

当分、一人で家に置いても大丈夫だろう。プロデューサーの並木に過日の礼を言いにテレビ局に顔を出したあと、有紀は赤坂《あかさか》へ向かった。赤坂の「サンライズ・シアター」で劇団民芸座が公演中なのだが、そこに勝又幸太郎が出演中という情報をインターネットから仕入れたのだった。

演目は、チェーホフが原作の『三人姉妹』と大作だが、現代的にアレンジしてあり、コミカルな味つけがされている。

——この人とわたしは、血がつながっているのか。

有記は不思議な感覚を抱きながら、配役のヴェルシーニンとして舞台の上を動き回る長身の叔父を見ていた。かつらをかぶった上に化粧が派手なので、顔立ちが亡くなった祖父に似ているのかどうか、よくわからない。

ロシア人を演じる勝又幸太郎に、短いあいだだったが「殺人犯」を演じた里見知子が重なった。西村元樹を殺害したのは、彼が以前勤めていた不動産会社のグループ会社に勤務する吉沢直人だった。事件の数日前に二人が居酒屋で口論していたのを目撃していた人がいたのと、事件現場の防犯カメラに女性ではなく男性の姿が映っていたため、「わたしが犯人です」と名乗り出た里見知子とは別に、捜査はひそかに、しかし迅速に進められていたのだ。殺害された西村元樹の所持品の中から携帯電話が見つかり、そこから元交際相手の秋山麗子《れいこ》がたどられ、その現在の交際相手の吉沢直人へと線がつながったという。吉沢直人の自供から、凶器となった野球のバットが離れた場所の側溝から見つかった。恋人が別れたはずの西村元樹と会ったことを知り、彼を居酒屋に呼び出して抗議したが、「知ったことか」とあしらわれた吉沢直人は、後日、改めて抗議しようと西村元樹のマンションで彼を待ち伏せした。ところが、駐輪場で立ち話をしていた吉沢直人は、「彼女はおまえなんかじゃ満足できない」という相手の言葉に逆上して、近くにあった野球のバットを反射的に手にした。そして、「やれるもんならやってみろ。おまえにそんな度胸はないだろう。俺には怖いものなどないからな」という言葉に煽《あお》られる形で、部屋に向かおうとした西村元樹に殴りかかったのだという。

「西村が少年時代に人を殺していたなんて、まったく知りませんでした。言われてみれば、そうか、とうなずける気もします。ぼくが抗議したとき、『俺には怖いものなどないからな』と鼻で笑われて、頭に血が上ったんです。いまになってみれば、怖いものなどない、という意味がよくわかります。過去にその手で人を殺めたことのある男の言葉ですから、凄《すご》みがあって当然なわけです」

情状酌量《じようじようしやくりよう》を得ようと意図的に画策しているのか、容疑者の吉沢直人は、弁護士を通じて被害者が秘めていた凶暴さを浮かび上がらせるような発言を繰り返している。

対して、釈放された里見知子のほうは、「兄が殺された過去の事件にいま一度焦点を当ててほしい一心でした。虚偽の告白をして申し訳ありません」という文章を各メディアに送ったあと、なりを潜《ひそ》めている。有記にも連絡はない。もちろん、供述過程で有記の名前を出した形跡はない。彼女がテレビで虚偽の殺人を告白した映像の録画を含めて、いままでに撮った映像を編集し、「里見知子の記録」の集大成として本人に渡したい。有記は、そう考えている。貴重な記録であるのは間違いないのだから。

芝居が終わると、有紀は、花束を持って楽屋へ行った。

勝又幸太郎は、舞台衣装のまま楽屋の片隅で鏡をのぞきこんでいた。鏡の中に花束を抱えた有記の姿を認めると、

「妙齢の女性からの花束なんて、久しぶりだなあ」

有記が名乗る前に、くるりと向きを変えて、両手を差し出してきた。花束を受け取り、密集した花弁に顔を埋める。

「田所有記です」

かしこまって名乗ると、

「久しぶりだなあ」

と、ふたたび勝又幸太郎は言い、有記の手を握った。「最初に会ったのは、あなたが三歳くらいのときだから、もう三十年以上前になるかな」

「そうですね」

京都の撮影所でこの男の腕に抱かれたのは、それくらい遠い昔だったか。「何てお呼びしていいのかわからなくて」

「いいよ。ただの勝又さんで」

しかし、「叔父さん」と心の中では呼んでみる。

「わたしのお父さんのこと、亡くなった母から何か聞いていませんか?」

「おいおい、芝居の感想のひとこともなく、もうその話かい?」

勝又幸太郎は、汗をかいた額をタオルで拭いながら、苦笑した。おいおい、と言ったときの眉が八の字になった顔が死んだ祖父に似ている、と有記は思ったが、彼には言わなかった。

「聞いているよ」

勝又幸太郎は、真顔になって答えた。

「わたしの父親って、誰ですか?」

死んだ母親は、腹違いの弟であるこの男には話したのだろう。そうあってほしい、と有記は祈るような気持ちでいた。

「残念ながら、誰なのか、は知らない」

だが、彼は大きくかぶりを振った。「知っているのは、『有記』という名前をつけたのが父親だってことだよ。それは、君のお母さんから聞いたんだ。つまり、ぼくの腹違いの姉さんにね。君のお父さんは、自分の名前の一字を生まれた娘につけることにした」

「一字って？」

「有記の記の字だよ」

「じゃあ……」

「名前にその字が入った人が、君のお父さんってわけだね」

勝又幸太郎はそう言いながら、宙に指で「記」という漢字を書いた。

名前に「記」の字が入った男は、この世にどれだけいるだろう。現在、五十代半ばから上として……。父親捜しの気が遠くなるような作業に、有記はめまいを覚えた。

「役者の場合は、本名も調べないとならないね。調べるなら、ぼくも協力しようか？」

勝又幸太郎は、有記の覚悟を問うように顔をのぞきこんだ。

「調べません」

しばらく考えてから、有記は言った。もっといい方法があるのに気づいたからだ。

――わたしの父親であれば、「有記」という名前に必ず注目するはずだ。

テレビドラマのエンドロールに流れる「記録」の二文字。そこに表示される「有記」という名前。いつか、きっと、わたしの父親がわたしを見つけてくれるはずだ。

そのためにも、記録係として、スクリプターとして、力の続く限りこの業界で走り続けよう、と有記は決めたのだった。

# 第十二章　ログ5

「わたしは、都内在住のフリーライターです。わたしは、六月十七日の夜、埼玉県朝霞市のマンションの敷地内で、一人の男性を殺害しました。動機は、復讐です。二十三年前、中学三年生だったわたしの兄は、その男性に殺害されました。兄の無念を晴らすために、わたしはこの手で彼を殺し、復讐を果たしたのです。殺人を犯したことを、わたしは少しも後悔していません。兄も天国で喜んでくれていると思います」

霞がかかったような女の顔が画面に映し出されている。モザイクがかかってぼやけてはいるが、紛れもなくわたしの顔だ。わたしの姿が映り、わたしの声が語っている。

送られてきたDVDの映像を、わたしはもう一度最初から見る。

そこには、さまざまな感情を表情に押し込めた人間たちが映っている。わたしが殺したかった男も、その男の昔の友人も、彼らとはまるで無関係な市井の人たちも、当然ながらわたし自身も映っている。

「これは、わたしの友人である一人の女性と、彼女にかかわる人たちを記録した映像です。胸にこみあげる激しい殺意と格闘したという意味で、彼女の心の葛藤を描いたドキュメンタリー映画として見ていただいてもいいかと思います。彼女の今後の人生に向けての新たなスタートのために、これらの膨大な映像を伴う記録――ライフログを、ぜひ役立ててほしいと願っています。過去の記録を消去することはできても、記憶を消すことまではできません。でも、未来の記録と記憶は、これからいかようにも築き上げることができます」

映像が終わり、黒い画面に切り替わると、田所有記の透き通るような美声が流れてきた。

「すてきなナレーションをありがとう」

わたしは、エンドマークが描かれた画面に向かって言った。

記録魔

# 一〇〇字書評

切り取り線

| 購買動機（新聞、雑誌名を記入するか、あるいは○をつけてください） | |
|---|---|
| □（　　　　　　　　　　）の広告を見て | |
| □（　　　　　　　　　　）の書評を見て | |
| □ 知人のすすめで | □ タイトルに惹かれて |
| □ カバーが良かったから | □ 内容が面白そうだから |
| □ 好きな作家だから | □ 好きな分野の本だから |

・最近、最も感銘を受けた作品名をお書き下さい

・あなたのお好きな作家名をお書き下さい

・その他、ご要望がありましたらお書き下さい

| | | | | | |
|---|---|---|---|---|---|
| 住所 | 〒 | | | | |
| 氏名 | | 職業 | | 年齢 | |
| Eメール | ※携帯には配信できません | 新刊情報等のメール配信を 希望する・しない | | | |

この本の感想を、編集部までお寄せいただけたらありがたく存じます。今後の企画の参考にさせていただきます。Eメールでも結構です。

いただいた「一〇〇字書評」は、新聞・雑誌等に紹介させていただくことがあります。その場合はお礼として特製図書カードを差し上げます。

前ページの原稿用紙に書評をお書きの上、切り取り、左記までお送り下さい。宛先の住所は不要です。

なお、ご記入いただいたお名前、ご住所等は、書評紹介の事前了解、謝礼のお届けのためだけに利用し、そのほかの目的のために利用することはありません。

〒一〇一－八七〇一
祥伝社文庫編集長　坂口芳和
電話　〇三（三二六五）二〇八〇

祥伝社ホームページの「ブックレビュー」からも、書き込めます。

http://www.shodensha.co.jp/bookreview/

祥伝社文庫

記録魔《きろくま》

平成24年12月20日　初版第1刷発行

著　者　新津《にいつ》きよみ
発行者　竹内和芳
発行所　祥伝社《しょうでんしゃ》
東京都千代田区神田神保町3-3
〒101-8701
電話　03（3265）2081（販売部）
電話　03（3265）2080（編集部）
電話　03（3265）3622（業務部）
http://www.shodensha.co.jp/
印刷所　堀内印刷
製本所　ナショナル製本
カバーフォーマットデザイン　芥 陽子



Printed in Japan ©2012, Kiyomi Niitsu　ISBN978-4-396-33803-9 C0193

# 祥伝社文庫の好評既刊

新津きよみ　**捜さないで**

家出した主婦倫子《みちこ》の前に見知らぬ男が現われた。それが倫子を犯罪に引き込む序曲だった…。

新津きよみ　**見つめないで**

突然ダンサー再挑戦を宣言した専業主婦秀子が失踪後、何者かに殺された。遺された手鏡との関わりは？

新津きよみ　**さわらないで**

夫の浮気が原因で結婚生活に終止符を打った恵子。夫の母が一緒に暮らそうと押しかけてきた…。

新津きよみ　**なくさないで**

送り主不明の封筒に真珠のイヤリング。呼び覚まされる遠い記憶。平凡な主婦を突如襲った悪意の正体は？

新津きよみ　**決めかねて**

結婚する、しない。産む、産まない。別れる、別れない…。悩みを抱える働く女性3人。いま、決断のとき。

新津きよみ　**かけら**

同じアイドルの追っかけだった三人はもう38歳。恋愛、仕事など今の生活に物足りなさを感じ始めた時…。

## 祥伝社文庫の好評既刊

新津きよみ
愛されてもひとり
田舎暮らしの中井絹子の夫が脳梗塞で急逝。嫁と相性が合わず、絹子は自活を決意するが…。長編サスペンス。

高橋克彦ほか
さむけ
高橋克彦・京極夏彦・多島斗志之・新津きよみ・倉阪鬼一郎・山田宗樹・釣巻礼公・井上雅彦・夢枕獏

高橋克彦ほか
ゆきどまり
高橋克彦・篠田真由美・新津きよみ・草上仁・牧野修・伏見健二・森真沙子・小林泰三・唯川恵

結城信孝 編
ミステリア Mysteria
篠田節子・新津きよみ・加納朋子・牧村泉・明野照葉・桐生典子・近藤史恵・山岡都・菅浩江・皆川博子

結城信孝 編
緋迷宮《ひめいきゅう》
宮部みゆき・永井するみ・森真沙子・明野照葉・新津きよみ・篠田節子・服部まゆみ・海月ルイ・若竹七海・小池真理子

結城信孝 編
蒼《そう》迷宮
小池真理子・新津きよみ・桐生典子・青井夏海・若竹七海・乃南アサ・菅浩江・清水芽美子・篠田真由美・宮部みゆき

# 祥伝社文庫　今月の新刊

中田永一　吉祥寺の朝日奈くん
心情の瑞々しさが胸を打つ表題作等、せつない五つの恋愛模様。

新津きよみ　記録魔
見知らぬ女に依頼されたのは〝殺人の記録〟だった——

安達　瑶　ざ・りべんじ
〝復讐の女神〟による連続殺人に二重人格・竜二＆大介が挑む！

藍川　京　情事のツケ
妻には言えない窮地に、一計を案じたのは不倫相手⁉

白根　翼　妻を寝とらば
財政破綻の故郷で、親友の妻にして、初恋の人を救う方法とは⁉

岡本さとる　海より深し　取次屋栄三
「三回は泣くと薦められた一冊」女子アナ中野さん、栄三に惚れる。

今井絵美子　雪の声　便り屋お葉日月抄
深川に身を寄せ合う温かさ。鉄火肌のお葉の啖呵が心地よい！

喜安幸夫　隠密家族　逆襲
若君の謀殺を阻止せよ！隠密一家対陰陽師の刺客。